隧

道

成 长 三 部 曲

杜阳林 著

江苏凤凰文艺出版社

图书在版编目（CIP）数据

隧道 / 杜阳林著. -- 南京：江苏凤凰文艺出版社，2025.5. --（成长三部曲）. -- ISBN 978-7-5594-9409-2

Ⅰ. I247.5

中国国家版本馆CIP数据核字第20251HA998号

隧道

杜阳林　著

出 版 人	张在健
图书策划	王　青
责任编辑	孙建兵
特约编辑	余慕茜
责任印制	杨　丹
出版发行	江苏凤凰文艺出版社
	南京市中央路165号，邮编：210009
网　　址	http://www.jswenyi.com
印　　刷	徐州绪权印刷有限公司
开　　本	787毫米×1092毫米　1/32
印　　张	3.875
字　　数	52千字
版　　次	2025年5月第1版
印　　次	2025年5月第1次印刷
书　　号	ISBN 978-7-5594-9409-2
定　　价	68.00元(全三册)

江苏凤凰文艺版图书凡印刷、装订错误，可向出版社调换，联系电话 025-83280257

0

人们通常会把我这些碎片般的呓语称为什么呢？遗书？遗言？遗嘱？

不，还是叫它"信"吧，这是我最后一条微博，我写写改改，前后足足花了24小时，是我留给人间的最后一封信，不想让它沾染"遗"字。这个字，对于即将看到微博的你也许并没有什么特殊意义，对我而言，却是最深刻的疼痛，像是钉子扎进骨缝，像是刀尖剜割心房。我曾用了漫长的十七年来和这个字抗衡，现在我宣告失败，最后的赌注只剩一条命了，我不想让命染上这个"遗"字。万一呢，万一人有来生，我希望在踏上今生的末路时，能和这个字离得越远越好，下一辈子永不相见才好。

呵，一个字，让我啰啰唆唆纠结了这么多废话，说点轻松的话题吧。几个小时前，那时太阳还在庄重而缓慢地往海里坠落，金光铺染，海鸥烁金，面前之景如梦如幻。一对小情侣相搂相抱着，像连体婴一样走到海滩，请我帮他们拍张合影。我拿起男生的手机，"咔咔咔"帮他们拍了好几张，夕阳中的他们，见牙不见眼，笑得流光溢彩。女生凑近我的画簿，好奇地翻了翻。

这是我昨天刚买的簿子，洁白的五十张画纸，一共只有两张画，但她看了很久，久得我都怀疑她是对着两张画入了定打了盹，她才呵口气，仰起脸，甜蜜地对男朋友笑道："快看啊，这个小兄弟画的日落大海图真美！"

他俩脑袋凑在一起，翻着前一页和这一页，频频点头，对我竖起大拇指。我便向着可爱的小情侣礼貌地笑了，露出整齐洁白的八颗牙齿。我没有告诉他们，前一张是日出，后一张才是日落。我从日出前就来到海边了，这两张画，最后24小时的光阴流转，和"信"一样，算是我留给人世的小小执念吧。

想一想，也没关系，日出也是日落，日落也是日出。

正如生生死死，方生方死，万事万物，永在循环之中。

现在，天幕已彻底黑下来，风凉得刺骨，但头顶的星星啊，那么多那么密，宛若伸手可摘，清新脆凉。

裤兜深处坠着一个玻璃小药瓶，里面有整整齐齐一百片药，我昨天倒在酒店的床上仔细数过了，一片也不少。我喜欢这个数字，代表着圆满和丰美。

很多年前，有人曾用世间最温柔的声音对我说："正宵，今后你读书了，要考一百分哦。"

这十几年，我真的考了很多个一百分，但她一次都没看到过，我从未带给她一丝一毫的荣耀和满足。

1

我脱了鞋,将脚浸进海里,海水如藏在冰窖的古丝绸,冰凉地缠着足趾,我将孤零零的自己想象成一柄利刃,劈开水面,剖开海雾,好好听一听海的心跳。

我看着手中那些小白药片,沐浴清冷的月光,像一枚枚小白石子儿,它们即将进入我的肠胃,麻醉我的神经,最后,杀死心跳吗?不知道人的心跳结束之前,是否会像电脑格式化一样,清除今生的记忆?

这个念头,关于遗忘记忆的猜测,让我忍不住打了个寒噤。

问过很多人,他们的记忆都是从三岁开始的,我也一样。

那一年,我的爸爸妈妈在自家院子里开设了全村第一个烟花爆竹工坊,爸爸将我举到头顶,让我跨坐在他脖子上,咧着大嘴笑眯眯地说:"儿子耶,赚到钱了就给你买玩具枪,啪啪啪……"

"啪啪啪!"我兴奋地跟着爸爸尖声高喊,一线亮晶晶的口水滑下来,垂挂到他头上,顺着发尖往下跑,他也不去擦。

方叔叔来参观我家的作坊,羡慕得啧啧咂嘴,从口袋里掏出一只皱巴巴的烟盒,挖出两根香烟来。爸爸刚接过,妈妈就跑到他面前,拍打围裙上的灰,虎着脸道:"不能抽,咱们现在做烟花爆竹,头一个就是要安全,小心火星!"

"就是就是,小心驶得万年船!"万叔叔嘿嘿干笑,将香烟夹到耳朵背后,爸爸也依样操作。我被爸爸高高地架在肩膀上,小手一伸,就能摸到他的香烟。我不停去摸他耳后,他不断阻止我的动作,阻止的力度也很温柔，轻轻的，像是被春风拂动的柳条儿，一躲一闪地陪我玩，我越发性起，和爸爸的大手一来一回捉起迷藏来。

"老方，实在不好意思，欠你的两千元，要明年才能还得上了。不过你放心，既然开了这作坊，就算找到了一条赚钱的路子，我李太清绝对不是那号欠钱不还的赖货。"

"晓得，晓得！老李，你和菊妹子两人不容易，不过现在好了，有了宵娃子，一家人齐齐整整的，啥钱赚不到？照我看，你老李面相好，是个大有后福的人，以后就等着享儿子的福了！"

"可不是！想想吧，我和菊四十多岁的人了，在村里低头弯腰这么多年，现在也能直起腰板大声说话，不受哪个的闲气了。"

"是喽，我早就和你说，走这一步是对的，你还不信。现在感谢我吧？"

他们男人聊起天来有时也婆婆妈妈没完没了的，我在爸爸肩上待腻了，高声喊妈，妈妈脆声应答着，从厨房里跑出来，将我接到怀里，顺嘴儿在我两个腮帮子各亲一下。"我儿子的脸，真甜！"

这就是我妈，大名黄菊，香喷喷的名字。熟悉她的人都叫她菊妹子，她应了自己的名儿，家里小院拾掇得整整洁洁，墙角种了几株菊，有嫩紫紫的小雏菊，有明灿灿的小"金杯"，窗台上还正儿八经放着一个花盆，据说这叫"蟹爪菊"，是爸爸专门托人从外地买来的，送给妈妈当礼物。村里人都说李太清两口子感情好，别看四十多岁的人了，出门还恨不得拉着手，哪个农民有他们这种做派？不知羞！

我才三岁，没有和大人吵架的能力，只能傻乎乎地看着他们挤眉弄眼，仿佛我的爸爸妈妈是怪物，值得翻来覆去讨论。在我心里，李太清和黄菊非但不是怪物，还是世上最好的爸爸妈妈。

"那就是老李家的老儿子。"

"哟，就是他啊，这小崽子，别说，还长得细皮嫩肉的。"

"可不，老李将儿子当宝贝一样，什么好的都先让他吃，让他穿，当然长得人模人样。"

真奇怪，难道"怪物"这种事还会遗传吗？村里的大人们不仅在背后议论我的爸爸，现在还捎带上我了，我在路上好端端地走着，老是被人截停，大人煞有介事地蹲下身，眼珠子像两粒石头蛋蛋，在我脸上身上碾来轧去，硌得我浑身不舒服，他们的视线还会吐丝结网呢，蜘蛛似的，将我罩在里面，越来越紧，越来越密，快要不能呼吸似的。我就要哭出声了，大人才"嗨"一声，放开我的小细胳膊，一副嫌弃我没见过世面的样子："这娃娃，咋还扁起嘴做哭相了？真是不识逗！"

除了家里的亲戚和方叔叔，我不太喜欢村里的男人，方叔叔应该也是喜欢我的，每次来我家都要语气亲热地喊我名字，还说我是"大侄子"。

爸爸妈妈起早贪黑，开作坊的第二年，果真就还清了方叔叔的钱，专程请他来家喝酒。方叔叔高高兴兴地来了，一碗接一碗的，后来索性抱着酒坛子喝，满脸红彤彤的，不停说着话，他的嘴巴仿佛成了爆米花的"大黑筒子"，美酒引爆了米花，白花花香喷喷热腾腾的米花，迫不及待往外蹦，他的话也止不住地往外跳。

"正宵，宵娃子，大侄子，你过来，叔请你吃颗花生豆儿。"方叔叔喝得脸红脖子粗，哪有本事使两根筷子夹起滴溜溜的油炸花生？他尝试了好几次都以失败告终，索性气哼哼地伸手指去盘里抓起几粒，塞到我手心，又用油手顺便胡噜了一下我脑袋，高声道："大侄子，你还是方叔我抱回来的呢，元宵节，好日子……"

"老方，你喝多了，快吃点饺子压一压。"妈妈将冒尖尖一大盘胖饺子搁桌上，又拉起我小手，让我跟她去厨房吃饺子。

2

　　方叔叔喝过大酒没几天,我的舅舅又上门了。我其实是很喜欢舅舅的,他长着一张讨喜的娃娃脸,上唇一抹"茸茸胡",不介意小孩蜷在他怀里拔两根软胡子玩,对我十分和善。不过妈妈常板着脸批评他,说他什么"高不成低不就"啊,又说他什么"一口想吃个胖子"啊,还说他"老小老小,被家里惯坏了"。舅舅大概是棉花制作的肠肚,软得一塌糊涂,不管亲姐姐说啥,他都点头听着,模样很认真,倒让妈妈彻底没了脾气,咽下唾沫,挥挥手道:"无事不登三宝殿,说吧,你今天又是来干啥的？"

连我这个四岁的小娃都晓得，舅舅是来借钱的。因为每次他到我家，都是这样毕恭毕敬地坐着，两手搁在膝盖上，后背挺得笔直，端端正正，目不斜视，不管妈妈说什么，他都点点头，要不就无限忠诚地说"是是是"。等到他离开之前，妈妈就要去开她的宝贝箱子，箱子里的旧衣服下面，压着一个小木箱子，里面是新新旧旧的票子。以前票子只有零碎几张，妈妈都要咬牙数出一半来，塞到舅舅手里，今年我家的爆竹烟花卖得好，妈妈唠叨了他一番，当然不会让他空手回去。

舅舅这次借钱的名目，是他要跟"兄弟伙"一起做生意。妈妈差点将借出去的票子又收回来，抬高嗓门道："你快算了吧，以前被那些兄弟伙骗得还不够吗？我以为你要给陈家下聘了，爹妈手头现钱不够，才来找我借呢。早知道你又要去跟那些人晃荡，我就不借你了。"

"姐，哪能呢，说了借就要借嘛，哪能要回去，碎娃都不这么干。"舅舅身体扭得像麻花，灵活地躲开了妈妈的"袭击",一路奔到门外,院里靠墙放着他的二八自行车。听说这车原本是属于爸爸的,舅舅借去骑,一借二借的,不知道怎么也就"长借不还"了,爸爸妈妈倒也不好意思找他要——谁让舅舅是外公外婆家的"老么"呢,老么最受宠爱,更何况上面生了两个女儿才轮到他,姐姐们从小就让着他,他也乐得"长不大"。

"哎呀,宵娃子你干啥?"

我比舅舅早半步跑出来,人矮脚短,爬不上二八车的后座,只能用两只小手扯着车的后辐条,就像要拆他后轮子似的。

舅舅果真误会了,打量我一眼:"小狗东西,你这是要拆我车啊?"

"你才狗东西!不准骂我儿!"妈妈随时随地都是我的保护神,在我面前一站,稳稳当当的,声音不无戏谑:"就算拆也是拆他爸爸的车,你心疼啥?"

舅舅一迭声地告饶:"好,好,说不过你们母子。宵娃子,你才四岁大,不兴当路霸哈,快让开，别挡舅舅的路。"

我偏不让，非但不让，还腾出一只手来扯舅舅的裤腿，成为一只坠在他屁股后面的小秤砣。"我要去外婆家！"

"哎呀，你舅舅我还有要紧事，发家致富的要紧事，去找兄弟伙合计，你去啥外婆家嘛，添乱！"

妈妈也想打消我的念头，她蹲下身说："我儿乖，等下妈妈把墙壁上的腊鸡解下来，给你蒸一只腊鸡腿！你不是最爱吃鸡腿吗？今天眼看太阳都要落坡了，就在家里啃鸡腿，明天睡醒了，妈妈带你去找外婆玩，好不好啊？"

"不好！"我也不知道怎么了，像是身体里住了一个陌生的声音，却是通过我的喉咙传话，我微微骇然，却像受了震慑，依旧一手裤腿一手辐条地没松开。

"两只！两只鸡腿都给我儿吃！"

"不要！"

"我儿能干，听爸爸的话，今天别去外婆那儿了，她不知道你要去，又不会提前蒸鸡腿给你吃。"

我爸也出来帮腔了,但我不为所动,小脑袋一摆:"我不吃鸡腿!"

爸妈怔了怔,彼此对望一眼,不知道今天这碎娃犯的是哪门子邪,以前最爱吃鸡腿啊,一只鸡腿就能让我彻底乖乖听话,现在加码到两只也不行,还逼我说出"不吃鸡腿"这种谎话来。这话让我自个先伤了一回心,好像生命中的鸡腿从此都要离我远去了,抓也抓不住,追也追不回。可是,身体里那个"陌生声音",它偏要征占我的喉咙,我能有什么办法?

爸爸想了想,又从身后拿出新的诱惑来:"这是爸爸给你买的新书包,双肩的,明年就送你去读小学好不好?你今晚不走,爸爸就带你去村口小卖店,我们买双层泡沫文具盒,花杆杆的铅笔,还有豆腐块儿一样白生生的橡皮擦,都装在这书包里,让你提前一年摸到它们,怎么样?"

"我不!"

说真的,这个诱惑实在太大了,大得让我的心口都皱起来疼起来了。爸爸真是大方啊,这个崭新的书包，是他上次从集市买回来的吧，一直瞒着我藏着呢，等着给我一个惊喜。现在他告诉我，只要我今晚留在家里，不但有新书包，还有文具盒、铅笔、橡皮擦，是层出不穷的节奏了。村里的其他小娃，就算已经读了书，都不一定有这样的待遇。比如邻居家的国庆哥哥，都读小学二年级了，从没用过一块单独的橡皮擦，每次买回一块新的来，他妈妈都要一分为二，再将一半橡皮擦砍成两份，相当于他和弟弟每次只能拿到四分之一，他妈妈还怪他"用得太费，就像吃橡皮擦一样"。爸爸要将一年后的"开学装备"提前为我布置齐整？只要我留下，今晚就会拥有一只鼓鼓囊囊的"宝藏书包"了。

不过，不，不！

我的心理防线快要崩溃了，伸出双臂抱住舅舅膝盖头，拖着哭腔大声要求："我要去外婆家！"

3

你听过潮汐的声音吗？也许只有将生命化为大海的一部分，才能真正听到浪潮的诉说吧？我不确定，小时候是否有一阵风过，在我耳畔大声地回旋，下一道铁硬的指令：去外婆家！去外婆家！

舅舅噘着嘴，将我送到外公外婆家，刚把我抱下车架，他就转向，骑着车飞一般地离开了。外婆给我搓了搓被风吹冷的小手，对于忽然来"串门"的我，并没表现出过多惊讶，在老年人心里，外孙想她了，跟着舅舅跑十几里路来看看外婆，是再正当不过的事。

晚上,我睡在外公和外婆中间。外公快七十岁了,身板还硬朗,就算过年都不歇着,白天忙出忙进地新搭一个牲口棚,这会儿脑袋一沾枕头,顿时鼾声大作,打雷似的,吓得我直往外婆怀里缩。

"宵娃子不怕,不怕,是你外公在打鼾呢。外婆听了几十年,早就听习惯啦,如果哪天晚上听不到这声音,我才会害怕。"

"为啥啊,外婆?"

外婆顿了顿,她的手心粗糙又温暖,探进我的棉毛衣里,从上到下抹我的背,顺我的脊梁,外婆坚信这样做,会让孩子长得高,长得壮。她似乎短暂地思索了一下,该不该跟一个四岁的孩子扯这些话题,离他还远着呢,像隔了几重山和海那么远,但她很快又下了决定,说吧,这小鬼灵精的,被外婆摸着背,舒服得直哼哼,还不忘拿小手去轻轻摇晃外婆搁在胸口的手腕,想要摇出老人口中的答案来。

"其实也没啥,在睡梦中一直打鼾,说明你外公睡得熟,睡得好,如果他忽然没了声音,说不定人就没了。"

仿佛为了佐证外婆的话,外公翻了个身,鼾声戛然而止。我快要哭出来了,眼泪比恐惧还先到达,盘踞在眼眶中,即使狠狠闭着眼,它也在寻找往外突破的路径。

谢天谢地,几分钟后,鼾声再度响起。外婆见怪不怪地在我后背轻轻拍了两下,也许她感受到了我刚才的浑身战栗。

"睡吧,睡吧。"在外婆的怀中,那些眼泪潮汐般地渐渐退去。

一觉到了清晨。在我记忆中,这是第一次睡在外公外婆中间,也是第一次听到一个人睡着了还能发出惊天动地的鼾声,当然,也是第一次受到"死亡"的知识普及。

四岁的我清晰地记得那一晚,我们三人挤在一张旧木床上,外公鼾声扯得最厉害时,床板吱吱摇晃,但这摇晃感给了我笃定,让我踏踏实实地入睡,舒舒服服地醒来。

但我发现家里竟然没人了。喊了几声,姨妈跑过来，两只眼睛红红的，眼皮肿肿的，像夏天刚结出的桃儿。她隔着被子半抱着我，虽极力压抑着，我还是听到了她细碎的呜咽声。

"姨妈，咋了？"

"宵儿乖，没咋。"

大人是偏爱说谎的，可姨妈说谎从来就骗不了人。爸妈说起亲戚间的事，从来不回避我，所以我早就知道，我不常见到的姨父，是让姨妈伤心的罪魁祸首。

"多喝两口黄汤，天地白日都不晓得了，抓过人来，不分鼻子眼睛地乱打，畜生！"妈妈气得瞪眼珠子，爸爸抱着她，除了跟她一起叹气，没有别的办法。

"离了算了，天底下三条腿的蛤蟆不好找，未必两条腿的男人还不好找么？"妈妈帮姨妈擦红色的药水，将她一张粉俏俏的脸抹得像个花猫，咬牙切齿地劝她。妈妈很不能理解，自己温和善良的妹子，哪一点犯了王法，要被一个醉鬼打得鼻青脸肿？而且是一次又一次的鼻青脸肿！

"姐，算了，这是我的命。"姨妈总是这样说，"夫妻都是老天注定的，说不定是我前辈子欠了他的。"

"你啊，你啊。"妈妈明知劝不动姨妈，还是要生气，甚至以娘家人代表的身份，出面严厉批评了那个"爱灌黄汤的"姨父几次。可惜，姨父在"不喝黄汤"时像一个好人，听着大姨子的训斥，他还连连点头，恨不能找本软面抄，将训斥要点统统记下来，回头还要背得滚瓜烂熟似的。可但凡多喝两杯酒，他立即原形毕露，魔鬼附身，不将姨妈打得哭爹喊娘、伤痕累累决不收手。

在这个忽然变得冷清的早晨，姨妈隔着被子抱着我呜呜哭泣，我很老到地联想，她又被姨父打了！打得太厉害，甚至抱着一个小娃都忍不住伤伤心心痛哭一场。

姨妈哭了很久，我憋了一夜的尿，嚷嚷着要尿啊要尿啊，她似乎如梦初醒，放我出了被窝。我哧溜一声跳下床，揭开墙角的尿桶，对着大半桶浑浊的尿液哗哗撒尿。那时我还没完全清醒，没有反应过来：外婆、妈妈和姨妈，这家里的女人都是一等一的爱整洁，比如我妈妈，不管外面下雨还是下雪，早起第一件事铁定是倒尿盆。现在外婆墙角的尿桶都快满出来了，咋个也没人管呢？

姨妈给我热了橱柜里的饼子，我问她要一点泡菜，她揉得发红的眼睛看着我，像看着一面墙，嘴里唔唔应答着，脚下却不动。想起她以前来姐姐家，被打得胳膊青紫、鼻血长流，我觉得自己有义务同情并体谅她，再度想到，不知道那个坏蛋是不是将我姨妈脑子打傻了呢！

这个想法让我恐惧起来，浑身一抖，看看周围，再度确认了外公家里只有我们两个。建了一半的牲口棚，外公也不管了，臊眉耷眼地支棱在那儿，地上胡乱堆着材料，倒像是棚子被拆下的一地骨头。

如果姨妈真的被打成了傻子，我单独和她在一起，岂不是也很危险？

这个念头一起，我拖着哭腔喊起来："我要回家，我要爸爸妈妈！"

我喊了十几声,才将姨妈的魂喊回来,她依旧愣愣呆呆的,不过好歹看了我一眼,眼里滚出两串闪闪发亮的泪珠:"宵儿乖,你爸爸妈妈……出门了……暂时由姨妈照看你几天。"

4

舌根狠狠抵着药片往下压,苦味并不服帖,仍然通过食管一簇簇地往上升腾。我尝到了苦的滋味,如果味道能幻化成人形,也许是我姨妈窈窕而单薄的背影。

不管我怎么哭闹,任凭我在地上滚来滚去,姨妈始终像个木头人儿,焊死般坐在板凳上,默默看着我,不拉不劝,很有耐心地等待我耗尽浑身力气,自己抽噎着爬到板凳上,摇摇晃晃坐好,该吃饭吃饭,该喝水喝水。虽然这几日,她烧的饭要么夹生,要么煳锅。她甚至懒得烧开水,晚上我俩连脚都不洗，带着两双冰块一般的脚探进被窝。冷，我能忍受，但比冷更可怕的东西，就快要压垮我了。是什么呢？外公外婆去哪里了？舅舅去哪里了？当然，我更加关心的是爸爸妈妈，他们舍不得离开我一晚上，那天为了留住我，又是鸡腿又是书包又是文具盒的，可我在外婆家一住好几天，他们竟然狠下心，没一个人来接我，或者看我一眼。

"我要回家！"心里的念头变成嘴边的宣言，真的只是一步之遥。当我抽抽噎噎地坐起身子，发现自己长大了"一截儿"，拿定主意，心中反而安定许多，眼泪还在脸上胡乱纵横，但心里不是那么慌了。

"现在，还不能回家。"姨妈将我拉回被窝，我又强硬地坐起身来，我们反复几次，她的眼泪就下来了。屋里熄了灯，黑洞洞的，不知道为什么，我就是能看到她满脸都是晶莹的泪，像月光一样闪闪发亮。

"为啥？为啥不能回家？难道爸爸妈妈不要我了吗？"这话一说出来，我就哭得更大声了。邻居国庆妈更偏爱小儿子，国庆犯了错，他妈妈会毫不留情地把他关到门外，外带饿一顿饭。我亲眼看到过他举起胳膊来挠门板，发出吱吱呀呀的声音，耗子磨爪似的。可我不是国庆啊，妈妈爱我，村里所有人都说"菊妹子爱儿子，爱得像个宝贝疙瘩"，妈妈真的忍心遗弃宝贝的我，不要我了吗？

我记不得那天晚上最终是怎么睡着的，也许是哭得太累了，眼泪耗干了身体的水分，整个人成了失水的蔬菜，再也撑不住精神头儿，像被人在脑门上猛呼了一拳，沉沉跌进梦乡。真怪，我从三岁开始记事，但从四岁开始"记梦"，我能清晰记住这个梦。姨妈睡在我身边，她的眼泪像小河一样流淌，我脑袋下面的枕巾一塌糊涂，有泪水也有鼻涕和口水。我就是枕着这样湿乎乎冷冰冰的枕巾做梦的。

梦中，我先是被爸爸和妈妈牵着手走，他们俩一边一个，都冲我笑着。特别是妈妈，笑得格外甜。但我们面前出现了大雾，浓得像一团团牛奶的雾，当我终于钻出大雾时，爸爸妈妈不见了。我放声大哭。

外公和外婆不知从哪里钻出来的，他们像刚才的爸爸妈妈一样，一个走我左边，一个走我右边，我的伤心似乎还未消退，但哭声渐小了，只是轻轻抽泣。但那团该死的大雾再度出现了，当我费尽全力冲出来时，外公外婆不知去向。我又放声大哭。

舅舅和姨妈忽然来补了空，舅舅站在爸爸和外公之前站的左边，姨妈站在妈妈和外婆之前站的右边。他们又拉起我的手，我们三个往前走。当我再一次看到大雾时，我哭得全身发抖，从梦中醒来，还抱着姨妈哭了很久。

"姨妈，你会不会不要我？"

姨妈愣了一下，将我抱得更紧了，她上下牙齿相撞，磕碰得非常厉害，像是发高烧的病人，一个劲儿地抖，一个劲儿地抖。

"二姐，二姐。"

舅舅的声音救了我俩。我和姨妈醒了也不起床，她似乎连烧夹生饭的力气都被抽空了，和我双双赖在床上，不知我俩挨在一块儿抖了多久。

姨妈穿上鞋,出去和舅舅说话。隔着窗户,我看到高个子的舅舅忽然变矮似的,而姨妈举起来的手就没停下,她又在揉眼睛。她一直在揉眼睛,两只好好的大眼睛,被她揉成了一双烂桃子。

姨妈终于进屋了,她给我穿衣穿鞋,动作说不出的温柔:"宵儿,我们现在就回家,回去见你妈妈。但是,你要答应我一件事。"她顿了顿,仿佛在斟词酌句,然后就说出一句奇怪的话:"见到你妈妈,不要害怕。"

为什么要害怕呢?妈妈从来不打我,上次我弄坏一只新棉鞋,她都舍不得骂我,我怎么会害怕?

舅舅骑自行车,把我放在横梁上,姨妈坐书报架上。横梁实在太折磨屁股了,这十几里路有一半是土路,坑坑洼洼的,我感觉屁股都要被颠平了。但我忍着不哭,马上就要见到妈妈了,我有啥好哭的!

路上,我们遇到一个卖麦芽糖的老头儿,他在土路上悠悠然然地走着,肩上压着一副担子,手上拿小钉锤敲着一小块铁皮:"麦芽糖哟麦芽糖,不甜不要钱的麦芽糖。"

姨妈敲舅舅的背,让他停下车。她掏出零钱,给我买了一小口袋的麦芽糖。一块块白色的麦芽糖,让我忍不住地吞口水,但我现在还不想吃。我问舅舅,是不是等下就能见到爸爸妈妈了?

他像是在和车把发脾气,手腕和手背的青筋暴凸,他声音沙沙的,说等下你就能见到你妈妈了。

"那爸爸呢?"

"我们现在就是回去见你妈妈的。"

我放弃了对舅舅的追问。大人有时也很愚蠢吧,算了,不问他了,既然能见到妈妈,何愁见不到爸爸呢?问妈妈一声,她啥都会告诉我。她既不像自己的妹妹那样成日鼻青脸肿、失魂落魄,也不像弟弟这样只会说车轱辘话。

我喜欢吃麦芽糖,妈妈也喜欢吃。我想好了,第一颗糖要先喂到她嘴里,我要看到妈妈脸上的笑才行。到底几天没见到妈妈了呢?三天、四天还是五天?对我来说,就像有几年那么长了,长得我掰着手指头,都数不清我有多久不曾回家了。

5

流星！流星划过天际、跌落海面的弧线，竟然是这般美丽。它是专程来陪伴我的吗，还是我的"接引"？小时候，我们一家人在院里乘凉，我也看过流星。妈妈告诉我，天上一颗星，地上一个人，星星落下来，说明有一个人要走了。

走，走到哪里去呢？

妈妈环抱着我，没说话。现在这颗星，是妈妈隔着漫漫的光阴，向我发来的信号吗？妈妈，妈妈，我好想您。

"这是什么地方？"

"是你的家啊。"

我左右望望,看到了几米之外国庆哥哥家的院门,他曾经无数次在上面挠来挠去。不错,这应该是我家,可几天前,我和舅舅离开时,这里还是五间大瓦房,怎么现在成了黑乎乎的一堆烂架子?也不是彻底破烂,还有半间房撑在那儿,像是只剩了半拉身体的人,坚持着没有倒下。

既然已经狠下心肠到了这儿,舅舅咬着牙,抓住我的两手往里拖,我挣脱不了他钳子一般的手。这半拉房,梁柱欲倒未倒,竟然保护了爸爸妈妈的床,只是那床上又是黑灰又是泥巴的,不比地面干净。外公和外婆守在床边,白发像是两蓬打了霜的草。看我进来,外婆对着床头说道:"菊,宵娃子来了,来看你了。"

舅舅将我推到了床边,躺着的人是妈妈,又不是妈妈。她几乎整个身体都被白色的绷带缠了一圈,脸上也缠着绷带,看不到眼睛在哪里,嘴皮不见了,嘴巴原有的位置是一个闭不拢的黑洞,洞中发出妈妈嘶哑的声音:"儿子……以后你要好好听外公外婆的话，好好学习啊。"顿了顿，妈妈又说："对不起，儿子。等妈妈病好了，给你买个新书包，还给你做鸡腿吃。"

我确认了，这就是妈妈，是一见到我满脸就要笑成一朵花的妈妈，是在我左脸"啪"地亲一口，还要在右脸再亲一口的妈妈。可她，怎么就成了这样子？白色的绷带下面，有黄黄红红的液体渗出来，发出一股臭臭的味道。可她是妈妈啊，她将自己包裹得严严实实也是妈妈，身体发臭也是妈妈。我将那一小袋麦芽糖搁在妈妈枕头上，轻轻对她说："妈妈，原来你是病了啊？不要怕，吃了麦芽糖，病就会好的，我都给妈妈吃，妈妈一定会好起来的。"

我还想说什么，舅舅一把将我扛起，像扛一袋大米，大步走出去。屋子里有一股硫黄味道，焦煳味道，还有，死亡的味道。死亡，就是一种黑暗洞穴里又潮又霉的味道，老鼠在角落腐烂，蚂蚁伺机等待啃噬人的皮肉。

我努力从舅舅肩上撑起脑袋，没看清妈妈，看到地上有一个被烧得只剩一半的蓝书包。

我又在外公外婆家和姨妈待了几天,两个老人才彼此搀扶着回来。外公原本腰板挺直,像是被人抽走了一块骨头,腰身忽然塌陷下去。外婆用剪刀裁剪黑布,缝成一个个的套子,用别针戴在我们左臂,包括外公、舅舅、姨妈和我。外婆手抖得厉害,半天穿不过针,我帮妈妈穿过针,现在也走过去帮外婆穿。外婆将我和针线,还有那块黑布一股脑儿揽进怀里,她大哭道:"宵娃子,就在你吵着要来外婆家的那一晚,你们家的爆竹工坊不晓得怎么爆炸了,你爸爸当场炸死,你妈妈伤得太重,我们又住不起医院,回来拖了几天,还是死了……"

外婆的哭声,比外公的鼾声还像惊雷响炸,震得我耳膜发疼。死?我不太明白什么是死,但我马上想起了自己的梦。梦中,原本是爸爸妈妈牵着我的手走路,可走着走着,他们的手就丢开了,他们不要我了。

五岁那年,我还是上学了,不过没有新书包。外婆找出舅舅之前的旧书包,在上面打了个补丁,盖住了两个破洞,我就背着它上学了。我记得妈妈的话,一直一直记得,妈妈让我好好学习,我一定要用心读书,天上的妈妈,什么都看得到的。

姨妈自己有家,不能总赖在娘家不走,但她每次回娘家,我都很高兴。不知道什么时候开始,我将她当成了第二个"妈妈",她和我妈妈黄菊是亲姐妹,本来容貌就长得像,只要她回来,我就和她睡在一个被窝,恍恍惚惚中,仿佛是妈妈在抱着我睡觉,嘴里还轻轻哼着一首摇篮曲,这让我睡得特别香甜。

正因为我老缠着姨妈陪我睡觉,我比其他人发现了更多关于她的秘密。农村女人,睡觉时也要穿一件贴身的小褂,姨妈脱掉外衣,贴身小褂是无袖的,一眼就能看到两只胳膊上缀着的不是青紫,就是圆圆的疤,胸口也有,大腿也有。她的那个男人,不知道什么时候"发明"了新的"刑具",专用烟头来烫她,烫得她体无完肤。

我和姨妈贴得近一点,她牙缝似乎会丝丝吐出冷气。那些黑色的"小圆点"未能放过她,夜里变本加厉地疼痛，让她做噩梦时也会哭，哭得上气不接下气，直到将自己哭醒。醒来后，姨妈伸过胳膊来主动抱着我，说："对不起，宵儿，姨妈吓着你了。"

我不想让她道歉，见最后一面时，妈妈也向我道歉，她们有啥对不起我的？我却被这三个字刺伤了心，哇哇哭起来，姨妈也哭，仍旧是上气不接下气的样子："你要好好学习，快点长大，长大就好了……"

"长大"像是一件终极武器，能让人拥有无穷无尽的威力。我也想长大啊，心里火炙一般难受，希望快点长出姨父（真不愿这样称呼他）那么高的个子、那么大的拳头。当他再欺负姨妈时，我能像一个真正的男子汉，挡在姨妈前面，挡住他所有的拳脚。

我读小学三年级时，舅妈陈凤进门了。她和舅舅是中学同学，据说两人谈了很久的恋爱，其间彼此都变过卦。特别是陈凤，还一度和一个"养猪专业户"打得火热，差点就同意去当"专业户"小孩的后妈了，终究她还是嫁给了舅舅。也许是爱情长跑疲惫了，人才会定下心性过日子吧。

舅妈一开始对我还可以，渐渐地就在家里摔盘子碎碗了。

"凭啥？如果是你大姐的骨血，我屁都不放一个！现在可倒好，猫养犬，替狗干！没名没分的！"

"祖宗，你少说一句吧！"舅舅去堵舅妈嘴巴，没堵住，反而被舅妈的尖牙利齿咬了一口，发出一声怪叫。舅舅虽然结了婚，但是一直没和外公外婆分家，外公一见他们吵架，就扛着锄头躲到地里，地里的土豆成了他眼中的敌人，他一锄接一锄狠狠地挖下去。

天黑了，外公还不回来吃饭，外婆颠着两只脚，颤巍巍去找他，找到半篮子掀翻的土豆，地上横着一把锄，和一个老头儿。

我们家又做了一次白事。邻居劝慰外婆，老人家"一下子"就过去了，没有瘫在床上吃辛受苦，算是福气了，那是上辈子做了好事，才能走得这么松快。外婆眨了几下眼，这几年，她视力越发衰退，泪腺仿佛也干涸了，语言功能跟着一起退化。如今，相伴了几十年的老伴两腿一伸离她而去，她竟然哭不出来，也说不出来。她无力向邻居解释，就算外公瘫在床上也好啊，他这匆匆一走，她就塌了一半的天。

做完"七七"，我臂上的黑纱刚摘下，舅舅舅妈就把我送到了福利院。

舅舅比妈妈小了快二十岁，妈妈曾经说过，她这个小弟是"长不大的"，妈妈活着，一半像姐姐一半像母亲般地待他，舅舅还算听妈妈的话。现在妈妈不在了，舅舅就满耳朵听舅妈的话。反正，他总要找个人帮他拿主意的。

6

后来的物理课上,我学过一个定律叫"能量守恒",用在我自己的人生中,也有种讽刺的对应。生活以残酷的真理教会我,有所得就一定有所失。比如我遇到一个真心对我好的人,上天就要收走另一个。

在福利院的半年时间,我最大的收获是认识了一个叫九儿的女孩,她自称比我大一岁,不过她自己也说不清——孤儿的生日,总是很模糊很含混的。

我刚去福利院时,夜里睡不着,悄悄走出房

间，在楼梯上一坐就是半夜。九儿陪着我，她还带我去楼下小花园里趁黑偷过花。我们偷花不是为了附庸风雅，是为了吃。有种叫"美人蕉"的，花形像个漏斗，花瓣呈正红或正黄色，上面缀着一些"芝麻点儿"，被称为"美人蕉"，也不过是"雀斑美人"吧，貌不惊人，却很内秀。九儿抽出花萼来，让我张大嘴，一小包花蜜就溜溜儿滑进喉咙里。她在这方面很有经验，还教我喝完花蜜后将"美人蕉"放回茎秆上，这样不会被福利院的"爱心妈妈"发现异常。

半年时间，对于一个成人来说，也许就是眨眨眼的工夫，对于一个孩子而言却格外漫长。当我磕磕绊绊地就要熟悉这里的环境、这里的"爱心妈妈"和同伴时，舅舅又将我接了回去。接回去的第一件事，是给我左手臂挽一块黑纱。爸爸、妈妈、外公……我还不到十岁，现在又要为谁戴孝呢？我惶恐地蒙住眼睛，害怕在堂屋墙上看到外公蒙着黑纱的照片旁边再多上一张外婆的……

"宵娃子。"外婆手扶着墙壁，慢慢从卧室挪到客厅，她的脸朝着我站的方向，脸上却是不确定的表情，又喊一声："宵娃子！"

舅舅在我后腰轻轻推了一把，在我耳畔轻轻说道："外婆眼神不好，你去扶扶她吧。"

我奔过去牵住外婆的手，她就将我揽进怀里，号啕大哭起来："你总算回来了！外婆想你，想你啊！你的姨妈，还没伸伸展展活一回人，咋就没了呢？你说她咋就没了……"

我惊呆了，怎么会？姨妈才三十多岁，她长得好看，如果换件好衣服，稍微拾掇拾掇，说她只有二十八九都有人信的——如果她眼下没有两块常年洗不去的青黑颜色，眼神不像面对猎枪的兔子一般惊恐羸弱，她的确算得上一个俏丽的小媳妇。

我最后一次见姨妈，是两个多月前，她专程来福利院看过我。从她住的地方到福利院，起码要花大半天时间，她是在晚饭前赶到的，只能和我待一小会儿。姨妈像是被一种力量驱赶着，两只手臂机械地从提包往外掏东西，她给我买了新本子、直尺和铅笔，当然还有糖，我们小孩都喜欢的糖。她买的是最便宜的糖球，龙眼核那么大，外面包着红黄蓝绿的简陋糖纸，倒是喜气洋洋的。我希望姨妈能坐下来，和我好好说说话，可她又飞快地剥开一张糖纸，将圆溜溜的糖果塞到我嘴里，顺便也塞住我的话。

我想问姨妈，她脸上的伤是怎么回事，就在颧骨上，血丝拉拉的，不敢细想，默一默仿佛能"看到"姨妈被人一掌掀翻在地，脸颊重重擦着地面的情景。打她的人还犹未解气似的，拖住她一条腿，当牲畜般往前拖了几步，她脸上伤口爆开，血液一滴接一滴地流到地里。她拼命咬着牙，不敢大哭大喊，哭喊会招来更惨重的殴打。

"宵儿，好好念书吧，长大了要当个好人。"我嘴里的糖球还没化呢，又要吃晚饭了。按照规定，到了福利院的吃饭时间，探望人员都要离开，她只抓住机会嘱咐了我那么一句话。

那天的饭菜很甜，我舍不得一口吞下糖球，将它压在舌根下，它让唾液变得很甜，却让我的心变得很苦。

我将一半的糖球分给九儿了,她的舌尖忙得很,在嘴里将糖球顶到左又顶到右,忽然对我说:"你姨妈脸上有乌云。"我听不懂九儿的话,她耐心解释,不少小孩在五岁之前能看到鬼,她大概特殊一点,年复一年,一直能看到异物,如果被鬼找着,人的脸上就会浮起乌云。

我"哦"了一声,心想姨妈自从十年前出嫁就已经被鬼找上了,娶她的那个男人,但凡几杯黄汤下肚,立刻像变了一个人,夜里将她打得遍体鳞伤,白天又会跪在她面前,拿大耳巴子噼里啪啦抽自个儿,哭唧唧地道歉。她狠不下心离婚,一次又一次地给他机会,正好让他一次又一次地破坏机会。

我问外婆,姨妈是怎么死的?外婆呜呜哭泣:"总归是她命不好。"

我从课堂上学到了一些粗浅的法律知识,攥紧拳头哭喊:"我们报警啊,让警察叔叔去抓杀人犯!"外婆哭得更大声了。舅舅皱紧眉头,可能想从肠肚里搜刮一句有力训斥我的话,还没搜出来,被舅妈拉到一边,两人掩上了卧室门,头碰头地不知商量了些什么。

舅舅和舅妈去找姨父了,不知道他们是怎样谈的,姨父给了一万二的钞票,还有一头半大的架子猪、两只母鸡、小半桶香油、一袋花生、一筐嫩白菜。他俩借了一辆电动三轮车,将这些莫名其妙的东西从姨父家运回来,竟有一点走亲戚收礼物其乐融融的感觉。母鸡被绑了腿脚,在三轮车斗里颠沛一路,竟头晕脑胀地撅起屁股生了一只蛋,舅妈抓起热乎乎的鸡蛋,眉眼里都是喜气。

外婆看不清儿子和儿媳带回来的谈判成果,只是竖耳听着,一脸的疑惑:"咋有猪叫的声音?"我从舅妈的喜色中看到了这场谈判既成功又失败,成功是属于他俩的,失败却属于外婆和我。那个杀人犯,他以为拿猪的命、鸡的命,还有砖头厚的一沓票子,就能换回我姨妈的命吗?如果不是第三次被他打得流产,姨妈会万念俱灰地喝农药吗?

"你们出卖了姨妈!"自从四岁开始,我到外公外婆家住,舅舅做再多荒唐事,被他的那些"兄弟伙"耍得团团转，外面人个个都嘲笑他"肩膀上白扎一个脑袋"时，我从没说过舅舅一句坏话。但现在，姨妈死了，我再也没有姨妈了，总是抱着我默默流泪的姨妈，怀抱温暖的姨妈，如今变成了一具冷冰冰的尸体。有人怂恿舅舅，就是不答应火化遗体，告到上面去，强烈要求尸检，就算农药不是那畜生灌的，女人从头到脚的伤，那个男人能脱得了干系？

舅舅去了一趟姨父家，一切都改变了。他甚至向我恶狠狠地龇出牙齿："小东西，你算老几？不懂就闭上你的嘴巴！"

"你闭嘴！你答应我的，让宵娃子回来，我再也不要让他离开我身边了！"外婆气喘吁吁地喊。

"妈，哪有像你这么胳膊肘往外拐的？你以为拿着黄刚的软骨头了，以后就要爬到我们两口子头上拉屎拉尿不成？"舅妈泼辣地冷笑一声，扳转我肩膀，让我直视她的眼睛："李正宵，明人不做暗事，今天我不当你是小娃，就摊明了跟你说吧。你外婆舍不得让你住福利院，硬说当年你舅不肯拿钱救你妈，欠了她的。天地良心，病历上面写得清清楚楚，你妈那么严重的烧伤，就算家里有矿也救不了一条命的，那样活着，也是受刑受罪。咋，现在当老娘的偏心就偏得这样？为了个来历不明不白的外孙，跟自己儿子翻脸……"

"你给老子少说一句！"舅舅之前和之后，再未向舅妈吼过这么有力度的话。他的情绪像是难以瞬间平复，紧接着又急吼吼地讲道："接宵娃子回来之前，既然我们谈好了，答应了妈，你就不要再横生枝节了！"舅妈一辈子是不肯让人的主，那天竟只是嘴巴张张合合，像在咀嚼空气，到底没有吐出反驳的话来。

也许因为我们还在姨妈丧期里，吵吵嚷嚷的，岂止伤了和气，简直是动了筋骨。也许是那砖头厚的一沓钞票，终究是落进舅妈腰包，大人有大量，何必与一个老糊涂、一个小孩子计较呢？

他们不知道，我却将舅妈的话深深刻进了心里，"不明不白"，她说我的来历，不明不白。

7

在福利院时，我想不通的事都拿去问九儿，我信得过她，她不但帮我保守秘密，也投桃报李地讲一些自己的事给我听。

九儿是在襁褓里被遗弃的，身子下面压一张纸，只说她是初九生的，连具体哪个月的初九都没写清楚。这么一点线索，也被爱心妈妈用上了，她给这个婴儿取个名字叫九儿，让她一辈子都忘不了她是初九出生的孩子。弄不清哪一个月，九儿一年索性过十二个生日，从一月到十二月，每个月到了初九，她从早上睁开眼就欢天喜地的，格外爱重自己。别的孩子也摸着了规律,这一天九儿的心情格外好,就算和她没皮没脸地淘气,她也比往常更加宽宏大量。

除了一年比普通人多过 11 次生日,我在福利院住了六个月,九儿就给我说过关于她身世的六个不同版本。她的父亲,可能是 IT 新贵、企业家,也可能是高官、神秘作家,甚至占星师,反正不是普通人,不管父亲是谁,她都因此而拥有一份"公主的尊贵"。我问过她,为什么只是猜想父亲的身份,从来不猜测母亲?她高高昂起头,从鼻孔里哼出一口气,像是不屑于回答我这么愚蠢的问题。

九儿很照顾我,当然她对别的伙伴也不错。睡在她旁边的花花上次发烧,九儿夜里也不肯睡,趴在花花床头守着,为她换头上搭的冷毛巾,给花花物理降温,全然不顾自己也是个半大孩子。可据我观察,别的小伙伴在这一点上和我很相似——大家都有点怕九儿。她像是一个隐形的"头儿",照顾我们也管理我们,让我们如沐春风的同时也感到"威严十足"。

我被送到福利院时，夜里睡不着，悄悄溜下床，跑到走廊的尽头，下两级台阶，垂头丧气地坐下来，抱着两只膝盖头儿，像是能一直坐到发白齿摇，天荒地老。九儿像侠女一样出现，拎着我的后脖子，一言不发地带我下楼。她总能找到开得最好的一朵"美人蕉"，将花蜜让给我吃下。

我找不到人诉说，就将九儿当军师了。我说我爸爸妈妈不在了，就算现在外公也不在了，还有外婆、舅舅和姨妈啊，怎么我就成了孤儿，还被舅舅送来福利院？

九儿鹦鹉学舌一般：怎么就成了孤儿？

天上有星有月，福利院外面还立着路灯柱子，我大概能看清九儿的脸，她两道眉毛紧紧拧着，像使了很大的劲儿，脑浆子哗啦啦翻腾，为我的疑惑殚精竭虑地动着脑筋。

有一晚，她忽然猛拍一记花台沿，像刚刚想明白了什么似的："我说，假如你本来就是孤儿呢？那么，你被亲戚送到这里来，不就是顺理成章的事吗？"

刹那之间，我很想推九儿一把，像那些野蛮不讲理的男孩儿一样，纵然对方说的是事实，也宁可梗着脖子死扛到底，都不愿承认。我怎么可能是孤儿？我有爸爸有妈妈，爸爸叫李太清妈妈叫黄菊，他们很爱我，即便家里杀一只鸡，两条鸡腿都会跑进我的碗里。

九儿在我面前打了个弹指，截住我的胡思乱想："正宵，你看，要这样思考才对哈：如果你的爸爸妈妈，不是你真正的爸爸妈妈，那么你真正的爸爸妈妈，一定在地球的某个角落生活，说不定哪天就把你找回去，让你过上好日子，特别好特别好的日子。这就相当于，你很小的时候，还没记事的时候，你亲生爸妈给你在银行里存了一笔钱，你可以想象成他们对你的爱。你不知道这笔'存款'的存在，但等到有朝一日，就能连本带息地将它从银行里取出来。你说诱人不诱人呢？"

我大吃一惊，愣愣地望向九儿。我倒从未这样思考过问题，但仔细一琢磨，好像她说的有几分道理啊。我的爸爸妈妈都在爆竹事故中去世了，即使我再怎么想念他们，他们也回不来了，无法再看我一眼，拉着我的手和我说一句热乎乎的话。可如果我是个"不明不白"的孩子，老天爷在我身后隐藏了另一对父母，那岂不是留了一座"神秘金矿"吗？他们活得好好的，等着和我相遇，我又能收获崭新的爱。用"崭新"好像不大对头，但我想不到更好的词来代替它。

老实说，这样的想法让我觉得自己厚颜无耻，但我阻挡不了。再无耻，前方有个念想总是好的，人生不至于荒凉成一片沙漠，不管往哪个方向走都是黄沙漫漫。

给姨妈烧"头七"的晚上，我相信她的一缕魂魄就在周围徘徊，久久不肯离去。她怎么舍得抛下外婆和我呢？想着姨妈，眼球再一次酸涩，我的思维又鬼使神差跳到"守恒"上去，老天爷狠心将她带走，不能只给我一个朋友九儿就算数啊，还会补偿我其他亲人的，对不对？

我在心里给了自己一记响亮的耳光。倘若上天给我一道选择题，一边是姨妈仍旧好端端地活着，另一边是我可能找到"新的亲人",我会毫不犹豫选择姨妈。这几年,她就是我的母亲,即使孱弱破败得像个四处漏风的破瓷娃娃,她还是会将我紧紧搂在怀中,用她的心跳连接我的心跳,用她的体温温暖我的体温。

可是,上天的安排,从来就拒绝凡人的任何一种假设。姨妈永不回来,而我,必须接受在舅舅家生活下去的事实。

外公去世,外婆眼疾日重,这个家里能说话的早已是年富力强的舅舅和舅妈。我想要留下来和外婆相依为命,就不能再顶撞舅舅了,他已经不再是当年规规矩矩坐在大姐黄菊跟前的小弟弟,他的胡茬变得又黑又硬,声音也像被砂纸打磨过,粗粗拉拉的。他有道理不高兴,虽然我一直领着政府的孤儿救助金,但那么一点点钱只够读书而已,"添个人添双筷子"的话,是有钱人家的豪情万丈,穷人轻易不敢开口这样讲,讲了,就是揽到自己身上的包袱。

我渐渐学会了在饭桌上只夹离自己最近的那盘

菜。外婆几乎全瞎了，她不是靠"看"，而是靠一种神秘的本能，猜到我在饭桌上的畏畏缩缩，她将筷子茫然地伸出去，像是将船桨伸进暗夜的大海，谁都不知道这是一段多么危险的航行。不过她表情很勇敢，用力一夹，夹到烧肉大碗里的生姜，郑重其事将生姜放到我碗里来。

舅妈一副看戏的表情，嘴角挂着浓浓的嘲意，她倒要看看，这一老一小的，还能在她眼皮子底下干出什么拙劣的勾当。

我低下头，将生姜放进嘴里，被肉汁浸泡过，它意外的香，也意外的辣，牙齿切割着它，口水搅拌着它，眼窝渐渐就湿了。

外婆待我这么好，我只能将心事折叠起来，不敢问她我"不明不白"后面的话，如果我像个白眼狼一样，怀疑自己不是黄菊的儿子，她该多伤心！现在我是留在她身边唯一的外孙，是她双眼越来越模糊时的拐杖，我不能再做出残忍的事。

8

我在外婆面前只字不提对自己身世的猜疑,到了学校却成了"公认的野种"。

"他舅舅舅妈都说了,他不是黄家的外孙子,还赖在人家家里呢。"

"不要脸!"

"不要脸事小,丧门星事大。听我奶奶说,有种人天生就是丧门星、扫把星,要不,他咋克死了那么多人呢?他的爸爸妈妈,还有外公和姨妈都被他克死了,外婆病成了一个睁眼瞎,多强大的力量啊!"

"要想个法子,破了这个丧门星的魔法才行!"

我上小学早了一年,现在班上同学至少比我大一两岁,个头更高壮些。他们议论我时,从不避讳,当着我的面也啐我,骂我"娘娘腔",或是"丧门星"。

我之所以被戴上"娘娘腔"的帽子,是因为在学校哭过几回。我从福利院转学回来后,原先和我关系还过得去的同学,看到我像是看到瘟疫,至少是带着细菌的不洁之物,眼神里满满都是嫌弃。我不明白他们为什么对我有这么大的改观,就算住过半年孤儿院,我身上脸上也没有带着一个圆圆的红戳印章啊。我主动找他们说话,对方避之不及,实在避不开了,索性狠狠推我一掌,趁着我一个屁股墩栽在地上,飞快地跑开。我被这种突然的变故弄蒙了,哭过几次,从此罪状再添一条:娘娘腔。

同学不爱和我交朋友,疏远我,隔离我,躲避我,这些都罢了,他们私底下还商量着攒出了一个主意,来"破除"我这个丧门星、倒霉鬼的"魔法"。

那天轮到我做值日，原本值日生是两人一组，不过也别指望我的"搭档"会留下来跟我一起劳动。一个人打扫卫生倒更是心情舒坦，仿佛整个教室都是我的天下。捏着黑板刷，一划拉一划拉，将粉笔字擦得干干净净，白色的粉屑随风飘落，犹如雪粒子一样，闻起来像干燥的石灰。我眯起眼，想象自己站在一场落雪之中，心情也随之变得轻盈灵动。

我将椅子翻起，倒扣在桌面上，用扫帚将犄角旮旯的纸片残渣统统清扫出来，再往干干净净的地面上均匀洒水，"锁"住尘埃，最后一道工序才是拖地。几个男同学就是在我弯腰拖地时出现的。

我抬头骤然看到这几个男生，他们像一排树忽然从教室后排长了出来。不过不是松或柏，他们没有那么挺直的腰背，有的含着胸，有的偏着头，如长势不佳的歪脖柳，只有眼神的方向是统一的，像是几把聚焦了猎物的机关枪，视线统统朝着我的方向发射过来。

我有点惊愕地看着他们，他们也看着我。

"嘿，娘娘腔。"

个子最高的刘强向我走过来，他手里捏着一个可乐瓶子，不过是空的。他朝我笑了笑，也许那不是笑，只是面部肌肉的牵动。我依然迷惑，觉得他们的出现和我有关。但平时大家当我是病毒传染体一般，唯恐沾上我一星半点，现在怎么会齐齐地出现，静默检视我，眼神也不避不让？

原来他们私底下攒出的主意是要我喝"特制饮料"，以刘强为首的几个男同学，他们像是漫不经心，又像是格外专注，齐心协力制作"饮料"，仿佛在做一桩伟大的实验。看着"特制饮料"，我的肠胃一阵翻江倒海，太过盛大的恐惧，驱赶着浑身血液都往头顶跑，整张脸恐怕红胀得像熟透的桑葚一般，轻轻一戳，就会皮烂汁流。

我浑身发抖，脚步往门口挪动，一步一步，一寸一寸，感觉怎么也挪不到头，到头也没用——他们一共有八个人，竟然有八个男生，像八尊金刚一样堵在我的前头。

"你喝吧，喝了，我们就是自己人。"刘强的脸凑过来，他举着装着"特质饮料"的可乐瓶，在他看来，那像是一剂救人的良药，对我而言，最恐怖的生化武器也不过如此吧，在摧残肉身之前，先击毁人的精神。

不不，不不不。我其实已经退无可退了，八个人的包围圈渐渐缩小，他们围成了一个瓮，而我是爬不出瓮口的乌龟，拼命想缩回自己的龟壳，才惊觉脖子被人家一把抓住，没有退路，没有救兵，什么都没有。

"爸爸，妈妈！"我不知道为什么会喊出这样两个词，从四岁到现在，七年了，我只敢在梦中呼喊他们，他们背影决绝地离开，一次又一次将我耽留在原地。

"不要，不要。"可我说不出更多的话了。

爸爸，妈妈，救我，请救救我！

9

喝了"特制饮料",我照样不是他们的"自己人"。没过几天,我在放学路上又被人截住了,这次不是后进生刘强,竟是班长。怎么会?成绩差的同学讨厌我也就罢了,好学生怎么同样容不下我呢?

"做人不要太出风头!"班长的训斥来得莫名其妙,他转过身,双手背在后头,极有领导的派头,像是厌憎看到我的仓皇狼狈。

他对我一阵暴打之后,向我甩来一张表格纸,我顿时明白了他打我的原因。我立即解释,但我的解释没用，甚至连出口的机会都没有。

那张表落在泥土上，上面洒了几滴我的鼻血，看上去格外肮脏。我知道，它的脏，是因为上面的格子被整整齐齐填满，落了字迹。如果我不填写它，班长也许会放我一马吧？也许。毕竟他转身前，还皱着眉头煞有其事地看了一眼表格。

小学前五年，班长的成绩一直都是全班第一，兼之家世好，长得帅，能说会道，是老师眼中的尖子，甭管校内校外什么活动，抛头露面的事，都"钦定"一般落到他头上。

六年级，我在外面读了半年书又转学回来，平衡打破了。我像是开了挂，明白现在读书不仅仅是为自己，还为了爸爸妈妈、外公和姨妈，在天上看着我用功的人又多了一个，我不得不咬牙使出全力读书，不经意间就取代班长，成了新的第一名。

如果只是成绩领先于他，也许不会激起他那么大的怒火。今天下午，老师当着全班同学的面，在课堂上宣布，让我代表学校参加全市中小学生英语大赛，这是首次将中小学生放在一起的赛事，可想而知，小学生能有参赛资格该有多难。班长八成咽不下这口气：凭什么全校唯一的参赛名额落在了李正宵这个野种的头上？

一个梳两条小辫的低年级女生走过来，她一路上都用脚尖踢着小石子，懵懂无知地闯进了"行刑"的包围圈，才骤然受到惊吓般抬起头来。我跪着和她差不多高，她便直愣愣地望向我已肿胀的眼睛，像望着一个满面脏污的可怜囚徒。

"老师，老师！"小女生跳脚喊起来，朝着学校奔跑的身影好似生命受到威胁的羚羊。

班长不慌不忙地瞥了她一眼，从地上捡起脏污的报名表，举到我眼前，好叫我看清楚似的，先是拦腰一撕，接着又对折几下，直到撕成一叠碎片。

路边有一个小卖店，窗玻璃亮晶晶的，我走过去，以窗为镜，照出了一个残败的影像。坐在店里的女人，怀中抱着一个婴儿，她呆呆地看向我，当我对她挤出极为难看的一笑时，她却忽然低垂视线，抱着孩子的手在神经质地颤抖。

我一瘸一拐地走开，离开好一会儿儿，才想到她会不会是误会了？一个半大孩子，到底做了什么坏事，会被人打得满脸开花呢？说不定他是小偷，或者小流氓、小恶棍，反正不是什么好货。我的伤势反而令她恐惧，感到了近在咫尺的危险。

舅妈倒是不恐惧，她"哎哟"一声，口气是满满的讥讽："有人就是窝里横，出去和人打架都打不赢，搞得鼻青脸肿的。可别造谣，说这是家里长辈招呼的啊。"

舅舅瞅我一眼，他没有对我的伤势发表意见，顺着舅妈的话头讲："现在是一代不如一代了！想当初，我小时候，一个挑六个！打架嘛，靠的就是一个勇敢，若是心里没点火气，拳头就无力，活该一辈子被人叫娘娘腔！"

呵，鼻血倒灌，我索性咽下肚，喉咙腥甜腥甜的。原来舅舅并非一无所知，至少我被人骂"娘娘腔"的事，他是心知肚明的。知晓了和不知晓没什么两样，他只是愈发看不起我，认定了我不勇敢，是我的弱点导致自己挨打。

我早该明白的，我这样的人，挨了打受了气，躲起来舔舐伤口就好，难道还敢奢望家里人为我出头、为我撑腰吗？

脸肿得实在厉害，我在家休了三天病假，也向老师写了封信，对自己不能去参加英语大赛表示抱歉。听说最终班长也没补上这个缺，不过这和我没关系了。

"听说你极力推荐去市里比赛的那个学生，反而玩失踪，摆了你一道？"

"嗨，别提了，提起就是一肚子的气。原本想着他是个孤儿，成绩也不错，帮他多创造一点儿机会！"推荐我去参赛的英语老师站在厕所的水台边抽烟，有一搭没一搭地和体育老师闲聊。

"这学生厉害，这边答应下来，那边又放你鸽子。教务主任也不留点情面，会上直接点你的名，说你'知人不详，用人不善'。"

"多好的机会，别人求都求不来，他倒好，躲起来好几天不上学。他舅妈也不是个东西，我电话打过去问一声，人家竟然说'还没死呢，死了你再来打听吧'。听听，这是啥话！"

我从隔板间走出来,两位老师神情泰然,目光凉凉地掠过我尚余青肿的脸。我也面色如水。我们都假装不知道话里所指是谁。

我洗了手往门外走,英语老师响亮地哐了一声。不过,我没有回头。

10

九儿和我是同期升上初中的,当了中学生,顿时觉得自己离成年人的行列又近一分,九儿给我写信,语气十分嚣张,言必称"老子"。在她的叙述中,她很快就"搞定"了班上那些小屁孩,"老子是谁啊?老子是落难的公主,哪能和这些不入流的人一般见识呢?三下五除二,他们就乖乖听话啦。"她鼓励我也要"强大起来",甚至不妨认真想想,我"会不会是哪个商业巨贾的私生子"?

九儿的信让我好气又好笑,她为自己臆造了无数个显赫尊贵的出身,现在轮到我了,像是上下嘴皮一搭，我也可能会有一份"潜藏起来的显贵身世"，现在不过是"珍珠蒙尘"，等"亲人相遇"那一天，我这只小麻雀就能"飞上枝头变凤凰"。

九儿热情洋溢，不惜用大大的惊叹号结束了她的来信：老子深信这一天，好日子在后头呢，正宵，你也一定要相信！

我从未对九儿说过，她是我唯一同龄的挚友。我身边的同学，他们讨厌我的理由千奇百怪，有的不满我成绩好，有的说我穿得寒酸，有的冷眼看我一周买不了一次荤菜太悭吝，有的说我不男不女……

只有在和九儿通信时，我才觉得自己是个正常人，虽然她为自己编造了数不清的出身故事，为自己披上一件"公主"的华丽外衣，但是，她可曾伤害过谁呢？既然没有人因为九儿的谎言受伤，谁又有资格对她的另类做法指手画脚？

也许，我应该听从九儿的建议。不，我还应该比她走得更深一步。她是睡在襁褓之中，被丢到福利院门口的孩子，她的来龙去脉几乎没有线索可循。我不一样，即使不能指望舅妈说实话，我也一直记得爸爸的朋友方叔叔，他曾慷慨借过钱给爸爸，还曾和爸爸喝过酒，他们交情一定不浅。他也许是知情人，能告知关于我身世的更多讯息。

爆炸事故后，外婆伤透了心，除了每年清明我回父母坟前磕头，平时外婆都不愿朝那个方向多张望一眼，现在她双眼几近失明，更加不用张看我儿时生活的村庄了。我要回去找人，自然是瞒着外婆。

"你打听哪个？"

"是方叔叔，不知道他的全名。就是这么高的个儿，嘴角长着一颗黑痣，对，痣上还有一根长长的汗毛。"我抬手比画着方叔叔的身高，多亏小时候对他痣上汗毛新奇不已，每次见到都极为手痒地想扯上一扯，多年之后依旧记忆犹新，成了寻人的重要标志。

我这么一说，红脸膛的胖婶子恍然大悟了："你说的是方痣胡嘛，他没在，前几年就带着老婆娃儿进城打工去了，不年不节的，咋会回来嘛？"

婶子又像想起了什么，眯起眼上下打量我："娃儿，你是……"

我说我是李正宵。她"嘶"地吸口气，脸上挤出点僵硬的笑："你是回来看老房子的吧？还杵在那儿呢。说起来，当年我那口子见你爸妈做鞭炮烟花能赚到钱，他也眼红，还说我们也去找太清大哥取取经，学学手艺，来年开个作坊，让日子好过一点。唉，哪晓得一声炸响，像是炮弹丢到你家房梁，好生生的砖房子，炸成烂架架，人也前后脚见了阎王，我家那口子这才打消了念头。"

婶子看我左右眼各含一粒亮晶晶的泪珠子，叹口气摆摆手："不说这些了，干部讲话都说要朝前头看，婶子还跟你翻这些老皇历做啥？"

找不到方叔叔固然令人气馁，但也是意料之中的事，我忽然有了追溯母亲黄菊生平的欲望。她们都是妇女，婶子对妈妈想必有一定了解。

婶子说起"菊姐姐"来，脸上浮起生动的笑纹："你妈妈呀，和你爸爸的感情，简直不摆了，村里有眼睛的人哪个不羡慕？还有人说他们是'当代梁山伯和祝英台'，我看就是这话说拐了，不然咋可能摊上那种祸事……你妈妈啊，结婚十几二十年，一直没开怀，正方偏方，吃下的药渣子够堆一间屋了。还好老天爷有眼，后来你来了……"

"我来了……我怎么来的？"我声音颤巍巍的，这些字像是烧红烫热的铁钉子，吐出它们不容易，喉咙又感到了腥甜。

"瞧你这娃儿，个儿挺高，人傻乎乎的。咋来的？等再过几年你就晓得了，小娃儿是咋跑到娘肚子里的……"

婶子将话听岔了，不过也不能怪她，我这是在做什么呢？怀疑那么疼我爱我的爸爸妈妈不是真正的爸爸妈妈，正在向之前认识他们的人讨线索要讯息呢。我一边按抑对自己卑鄙的反思，一边咬着牙继续将无耻进行到底："婶子，您当年，看到过我妈妈的大肚子吗？"

"这个……"婶子上牙咬住了下嘴唇，努力思索一番，拍拍膝盖，总算想起来了："对的，那时你妈妈不是满世界找偏方，想生个孩子嘛，有人说城里新开了一家不孕不育医院，手段厉害得很。你爸妈连圈里的猪儿都卖了，两人去城里，一边打工一边治病，前后大概有一年时间吧，城里的大夫还真灵。这不，你妈妈抱着你回来了，脸上那笑啊，小河一样，从城里淌到村里，还一直没淌完！"

我心里咯噔一下，像是骨头错了位。告别婶子，往我家老屋基走，心事沉甸甸的，她的话变相告诉我，村里几乎没人看到我妈妈大过肚子。

怀着乱麻麻的胡思乱想，一抬头却见自己已经"回家"。哪怕是一堆被爆炸事故毁得黑黢黢烂朽朽的残砖乱瓦，依旧是给过我太多温暖的家。哪怕我没有在黄菊的肚子里待过一天，她也是我最亲的妈妈。

我无力地跪在焦黑的地里，号啕大哭起来。

爸爸，妈妈，我好想你们，如果家里不开作坊就好了，一家人齐齐整整地守在一起，穷一点苦一点都没关系。

哪怕，哪怕你们不是我亲生的爸爸妈妈也没关系。

我打了个寒噤，被自己的想法惊住了。原来我是这样想的，只要他们还活着，像从前一样爱我，我有没有亲生父母似乎无所谓。可他们不在了，以惨烈的方式前后离我而去，再没有人当我的靠山和依撑，我像一个丢失了壳的蜗牛，爬啊爬，这个世界杀机密布，恶意纷呈，随便一点小变动都能让我受伤流血，我想要找到一个新的壳。

请原谅我吧，爸爸，妈妈，我只是想找一个新的保护壳！

11

上初二时,我忽然发现自己有对绘画的热望。买不起水彩颜料,我就一张接一张地画素描,画在用过的作业本上,还有别人不要的废旧报纸上。

那时我年级排名不会落下前十,老师们依旧不太喜欢我。"李正宵,成天不说一句话,小小年纪,有点阴阴的。"班主任是个毕业没几年的年轻女士,对我格外有意见,认为我除了成绩好,完全是个"脱离集体生活的空心人",不管是秋游还是踏青,我都找各种理由不参加。她当然不知道,我逃避集体出游,是为了省点钱。

外婆偶尔会偷偷摸摸给我一点零碎票子，她从衣襟最深处哆哆嗦嗦地摸出一个手绢包，手绢包里包手绢，哆哆嗦嗦打开三层，是一叠快要揉烂的零钱，它们带着外婆的体温，还有老年人身上特有的酸味。外婆给我钱时，从不容我推拒。自从外公去世，她越来越瘦，手伸出来像鸡爪似的，紧紧按住我的手，固执地将钱塞给我。钱是热的，外婆的手背是凉的，摸着她星星点点布着老年斑的手，我总是包不住眼里的泪水。

"外婆，我长大了。以后我打工挣钱孝敬您，给您买好吃的。"

"嗯，宵娃子乖。"

外婆欣慰的笑容一闪而过，又抬起脸，茫然地左右转一转，压低嗓门，语气却很紧张："快收着，莫让别人看到了。"

别人，也许是舅舅，或者是舅妈、小表弟？

去年，舅舅在县城买了房，用通俗的话说，就是"洗脚上楼"，从农民变居民。楼房住着是比平房舒坦，可居住空间一下子就变得非常狭窄。

我住校了，小表弟夜里和外婆睡一起，我寒暑假回来，小表弟就只能躺在舅舅和舅妈之间。他们好不容易才能重过"二人世界"，儿子回归倒成了入侵者，也就有了各种不满和抱怨。而我，是造就了入侵者的罪魁祸首，舅妈不说，眼神却长了刺，稳准狠地锥刺过来，我就像被戳了眼儿的气球，从头到脚地跑风漏气。

舅舅的房子套内面积不到 60 平方米，四个人能勉强住下，五个人便感到生活空间受到无形挤压。我上初中后赶上快速发育期，个子蹿到一米七五，就算动也不动立在屋里，也像竹竿般碍眼。我们当地有句毒辣的骂人话：白天挡路，夜里挡铺。我觉得这是对自己的真实写照。

放寒假照例要开一次家长会，从小到大，我的家长会都是自己替家长开。老师见怪不怪，其他家长低头窃窃私语交流几句，听说我是由政府提供学费的孤儿，也就不说什么了。

我的期末成绩又是科科全优，但这没什么好高兴的。倘若让我选，我宁愿和班上倒数第一的同学换。他爸爸还在家长会现场,已经忍不住攥拳头了:"这小子,这臭小子!哪个都没有他稳定,每次考试都是稳定的倒数第一,是赖在这个'第一'上不走了是吧?老子今晚就把他屁股打得花儿开,看他还要不要赖着这个位置不动弹!"如果我是那个"第一同学"该有多好,我宁愿让爸爸打我、骂我、凶我、吼我,对我释放雷霆之怒,只要我有个爸爸,就是最大的幸福。

我低下头,极力抑制自己无用的臆想,加快脚步往前走。

"哟,李正宵,跑这么快,你这是赶着充军哪?"

站在我面前的是美术老师,大概四十岁,正是我爸爸离世时的年龄。想到爸爸,我心窝一疼,挤出半个笑容,规规矩矩站好:"老师好。"

"我看了你的画,很有灵气,不过你的眼界还没打开,有些局限了。这样吧,我每年寒暑假都要外出写生,今年你和我一道去吧。"

"谢谢老师,我还是不去了。"这是下意识的拒绝,根本就不需要通过大脑回路,嘴巴有它自行的应对策略。

美术老师不以为然地摇摇头:"如果你是担心费用问题,大可不必,我能从学校申请一笔小小的经费,负担我们出行以及几日吃住都不成问题。再说,我是真的欣赏你。你现在只画素描吧,等你上手画水彩了拿给我看看。希望没看错你。"

美术老师的话让我的心怦怦跳动。这几年,我是个最边缘的优等生,与表扬有缘无分,与尴尬如影随形。常常考全班第一,但没有老师这么和颜悦色地跟我说话,仿佛我考得好或坏都不是值得他们放在心头的事。毋庸置疑,美术老师的"慧眼识珠"让我激动,激动之下,还隐藏了一个见不得人的心理:这样一来,我就有好几个晚上都不用宿在舅舅家,少这几日都是好的,小表弟能少挤舅舅舅妈几天,外婆也不必受我牵累,总是一副做了错事欲言又止的神情。

"好吧,谢谢老师。"

我答应下来,美术老师向上推了推眼镜腿儿,镜片后面迸出闪闪的光:"这就对了!多出去走走看看，对于打开你的艺术视野有帮助。我先敲定路线吧，等我通知，我们过两天就出发。"

走了几步，回过头，美术老师还站在原地挥手对我笑呢。

我爸爸去世时，就是美术老师这样的年纪。

我的思绪老是忍不住往这个方向飘，像是炊烟受着风向的牵引，偏着身子也要上天。我拿它没办法。

回家和舅舅舅妈一说，当听到我能和老师出去写生、费用能由学校报销时，他们都大力赞成，舅妈还说："宵娃子成绩这么好，学校一直没啥表示。能出去白吃白住几天，也算稍微捞回来一点点！"

12

九儿,我和你说过隧道的事吗?

跟随美术老师出去写生,是我生平第一次坐火车。不到两个小时的车程,但中间要穿过好几个长长的隧道。隧道真是一种神奇的存在啊,原本阳光灿烂,坐在窗边的我一直拧着脑袋看窗外风景,被过于强烈的光线激得有些掀不开眼皮,黑暗像是一柄锋利的剑刃,忽然迎面劈来。

当然不是纯粹的黑,火车顶棚还有射灯嘛,但的的确确是对比鲜明的暗。那种暗,怎么说呢，它是有形状也有重量的，隧道犹如盲肠，黑暗的空气，也被挤压成了肠状的物质存在。

九儿，你会笑话我吗？火车第一次穿越隧道，我紧张得都不会呼吸了。我并非没有经历过黑暗，但这种忽然出现又忽然消失的黑暗，将旅途腰斩成了一段一段，光明就像是上帝手中的玩具，他抛给你，收回去，收回去却又抛给你，多么讥讽玩味，无须赘言，利用隧道就能达到这样冷峻深刻的象征意义了。

九儿，在我臆想中漫长无比的隧道，也许短短几十秒甚至几秒就能重见光明了，不知道为什么，我悲观而执拗地认为，再度拥有的光明，已经不是在切入隧道之前的光明了，它已经发生了质的变化。是的，一切都改变了，再也回不到从前。

我放下手中的纸和笔，活动了一下僵冷的手指。毕竟，我是在楼顶给九儿写信。天台的风，浩大得像虚空中藏着一个妖怪，张着大嘴，不停向人间吐气。有人在露台拉了铁丝晾衣服，现在上面没有衣服，绞住了一只扑扑腾腾的白色塑料袋。到底是从哪里吹过来的塑料袋呢？既要感谢风让它长了翅膀，模拟鸟类体验了飞翔的快乐，又要诅咒风让它陷入囹圄，挣脱不了铁丝的束缚。

我走过去，解下了塑料袋，像是给鱼儿放生，将它高高抛起，想象此刻我脚下大片的居民楼、马路、超市和商场化作浩瀚的水面，无边无际的夜之海洋，能包容这一只塑料袋继续漂游。它被铁丝钩破了，也不知还能飞多远飞多久。算了，无须为它操心，不管去往何处，能拥有刹那的自由也是福气了。

楼下大地能容纳一只残破的塑料袋，想来也能容纳一个我吧？

九儿念书的中学在城南，这里是城北。我脑子忽然像生锈的机器卡涩，转不动了，我写给她的信，真的能交到她手上吗？城北到城南，如果天空中有一只鸟儿肯充当信使，飞过这段对角线，九儿会收到薄薄一张纸和关于我的最后讯息。可是世上哪有这样体贴人情的鸟儿呢？除了九儿，我没有朋友，鸟儿不会帮我，破塑料袋也不会。那么这封信，会造成怎样的影响？

不妨想想吧，现在是凌晨四点，天快要亮了，我已经踌躇了大半夜，仍旧没有落实"闭眼一跃"的决心。好吧，让被风吹得麻木的脑子好好想一想，就算我站在天台边缘，身体勇敢地前倾，毫无留恋地跳了下去，那又能怎样呢？

咚！一声巨响，邻近的居民楼会有零星灯光点亮，有人报警，有人拍照，有人发朋友圈，有人录直播……好了，警察终于赶到，在天台找到我墨迹未干的信。九儿？这个人和死者有什么关系？对跳楼少年的死又该负怎样的责任？一定要彻查，说不定她具有重大嫌疑。

我的后背渗出了毛毛细汗。好险啊，我差点让九儿成为无辜的殉葬品，她说过自己最讨厌的一个汉字就是"遗"，遗忘、遗弃、遗存、遗址……她在想象中编织一个接一个的童话，自己是住在童话水晶宫里的公主，永远都不会被"遗"字绊住手脚。我怎么可以将生命的最后一封信"遗"给九儿，给她造成无穷无尽的困扰呢？

我要感谢九儿救了我一命，虽然她永远都不会知道。有时候，某些人的存在，对于别人来说就是力量的源泉、信心的依靠。九儿在这座城市生活着，此时此刻，她倘若没有延续小时候偷花蜜的小恶习，应该沉浸在黑甜的梦乡之中。想着她，如同瞥见了隐形神祇的温暖存在。我待在天台的这一夜，犹如双脚站在悬崖边，最终却因为她收回了站得麻木的腿脚。倘若我活着能继续守护她，我愿意再次吞下绝望的毒汁，试着去期待明早的太阳升起。

九儿，请原谅我无法对你诉说这件事，在我们的友情史上，这是我唯一隐瞒你的秘密。以前，纵使被人灌下恶心的液体，脸颊被人打得红肿如柿，我都没有想过去死，但这一晚，我感到实在没力气再继续走下去了，耻辱像腥臭的潮水，一浪接一浪地涌过来，几乎淹没了我。

我希望删除脑海中的记忆，这不过是一场徒

劳。九儿，原谅我，当我萌发死念的前几晚，并不知道你被"爱心助学"的干爹猥亵了，他差一点就夺去了你的童贞，若不是你急中生智，用膝盖狠狠顶了他跑开，后果不堪设想。你跑出那间罪恶的房很远很远了，才发现自己校服的纽扣生生被扯掉了两粒，像鸽子一样幼嫩的乳房半露风中，青白肌肤上起了一层鸡皮疙瘩。你无力地蹲下来，双臂抱紧自己，在微微的颤抖之中呼唤我的名字："正宵，正宵，救救我。"

九儿，而我，只是运气比你稍微差那么一点点。我以为美术老师会像死去的李太清爸爸一样待我好，但他将我狠狠压在身下，用拳头打得我眼冒金星毫无回击之力时，肘拐狠狠抵着我脖颈，嘴里的热气冲着我耳朵轻蔑道："别给脸不要脸了！"

九儿，这个世界好冷，想到你和外婆，我才能感受到一点微弱的暖意。想到你也活在这泥沼一般的人世，我的挣扎仿佛不是那么苦了。

即使为了你们，我也想再给自己一次机会，万一，万一我能找到蜗牛的壳呢？

13

方叔叔什么都不肯说,他嘴里斜叼着一支烟,烟雾是斜的,看我的眼神也是斜的。烟抽得又快又猛,很快只剩个烟屁股了,他好歹张开口,露出被熏得黑黄的牙:"有啥好说?你是李太清的儿,你妈叫黄菊。全村人都知道,还不够清楚明白吗?"

"这十几年,一直都有人叫我野种。方叔叔,请你把知道的都告诉我吧。"

"宵娃子,听叔一声劝,你还有半年就要高考了吧?等考上大学,你就能堂堂正正离开这里,到一个大地方去,没啥人认识你,哪个还喊你野种?

你现在在乎这些没盐没味的话干啥？"

"叔，求您了。我不想一辈子都这么不明不白地活着。您肯定知道什么，对不对？我找了您好几年，等了您好几年，才总算遇到您。您就当可怜我，告诉我真相吧。"

"真相就是，你就是个脑筋短路的娃，大白天说些不着四六的话！"我拉他的衣摆，被他重重甩开了。我心一横，拦在他面前直直跪倒。他目不斜视地从旁边走过去，仿佛我是一团人形的空气。

我仰起脸，风一点一点吻啄泪痕，流过泪又被吹干的脸颊有了一种紧绷的微疼感。我就这样梗着脖子走回家，不去管路上有多少人对我指指点点。他们是爸爸妈妈曾经的乡邻，甚至有不少大叔大妈是看着我长大的，他们一方面慷慨地将一顶"野种"的帽子扣到我脑袋上，另一方面又与方叔叔结成统一战线，对我的来历讳莫如深。

我的指甲狠狠嵌入掌心，疼痛也未能让我清醒，我反而更深地陷入了一个思维的旋涡：万一，一切都搞错了呢？我的亲生父母的确是李太清和黄菊，他们对我的爱没有半点掺假，他们的的确确是能付出生命来爱我的人。在我亲生父母相继去世后，因为我无所依傍，才会被人肆意欺凌，甚至编造谣言，说我是个来历不明的野种。这不是真的吧，这只是别人为了更痛地打击我羞辱我而想出的恶作剧，我却当了真。十年了，在心里压一块石头，疑神疑鬼，还以为能找出新线索，便能找到软体蜗牛新的硬壳。

我当然知道，自己对"身世事件"的全盘否定与推翻显得十分"阿Q主义"。我像是一个首鼠两端的卑鄙小人，当黑暗沉沉压下来时，我就幻想在这世上，我还拥有一对未曾重逢的亲生父母，他们在不知名的某地爱我、思念我，与我一样，苦苦等待天降机缘久别重逢。而当被我视为重要证人的方叔叔摧毁我的想法，我又立即转舵改向，安慰自己，爸爸妈妈留给我的爱，即使已阴阳两隔，即使已陈旧泛黄，永远尘封在过往年月，依旧是世上最好的爱，靠着它的余温，我也能一次次走出寒夜。

也许我该听方叔叔的话，还有半年就高考了，离开这里,去往新生活,何必再苦苦纠结"野种"背后的真相呢?

当我迈进舅舅家的房门,眼泪已彻底风干了。

外婆已经老得不成样子,头发全白了,胡乱挽在后头。舅妈没心情给她每天梳头,任由她一日日蓬头垢面地活着,好在一日三餐总会端给她,外婆便强硬沉默地活下来,靠着这一点粮食,便能活到长命百岁似的。

"宵娃子,你帮我梳梳头吧。"外婆叮嘱我关上卧室门,递给我一把木梳子。她端端正正地坐好,腰板挺得那么直,有种容光焕发的精神劲头。看到外婆能稍微开心一点,我也安心,于是我们一坐一站,一头蓬乱的白发成为此时联系祖孙的亲密纽带。

我小心地梳理外婆打结的白发,尽量不扯拉下头发。随着乱发渐渐被梳顺,她脸上浮现了惬意的笑容,毫无征兆地吐出一句话:"河南汝阳县竹园乡卫生站,万得福的表哥是卫生站的医生,有一年,他表哥回陕西来,你爸妈还请他来家吃过饭。"

外婆语气平静，像是闲聊问我成绩、问我在学校吃得饱不饱，我的心却怦怦跳动起来，木梳子僵停在半空。外婆双眼已经全瞎了，她的手反而生长出了眼睛的功能，熟练地揭开衣襟，掏出手绢包，准确无误地侧身，将一个温热的手绢包放在我手里。

我的心跳更快了些，这个手绢包和平时的不同，厚度更厚，重量更重。

"这几年，我眼瞎但心里明白。你一直在找万得福。宵娃子，听外婆一句话，不管找得到找不到、问得到问不到，你都不要怪他。"

我为什么要怪他？隐约要知道答案了，却又隔着薄薄一层纱，这层纱此刻罩在我的口鼻之上，竟然有溺水之感。

外婆神色平静，喘口气接着说："当年为了接你，你爸妈给了万得福三万。那时的三万，太值钱了，他们拿不出，只好到处去借去凑。万得福心肠好，还借了两千给你爸爸。宵娃子，你自己不知道，这几年你睡在外婆脚头，夜里说梦话，口口声声喊的是'万叔叔，求求您告诉我真相吧'，外婆听了，心里那个难受啊。我的宵娃子是这么好的娃，不愿当糊涂人，外婆若还守着秘密，到时带进棺材里，后悔也来不及了。没错，你是万得福从他表哥卫生站里抱回来的孩子，河南离咱们这里几百里路，你生下来没多久就走省过县了。如今你也大了，想做啥，外婆都不拦着你。"

岂止不拦着我，外婆将我的手重重一握，手绢包裹在里头，意思都在里头了。

趁着寒假，我没有耽留，启程去往河南。

坐在长途汽车上，我给九儿发微信，说自己也许很快就能解开身世之谜了。九儿发了个"祝贺"的表情，她接下来发了几条语音过来，掩饰不住的雀跃。

"真是太巧了啊！你这边刚有寻亲的消息，老子也有了线索。

"正宵，说不定今年春节，咱俩都能和亲人团圆呢。

"说好啦，等老子找到爸，他若是个大富翁，老子就……就送你一套房子！你不是最希望有一套房，能够搬出来，不用再看你舅舅舅妈的脸色吗？"

这是九儿和我之间最后聊天的几条微信语音，我翻来覆去地听，多么希望时间能留在那一刻，在她欢天喜地去寻找父亲的线索时，在我坐上前去河南的汽车时，哪怕在这一刻我俩同时身遭横祸，也是极好的，或者说，这是再好不过的事。

14

与寻找万叔叔相比，找到刘庆年的过程简直轻松得不值一提。不仅顺利，他上下打量了我几眼，直接就迈入正题："你就是十七年前被我表弟带到四川的孩子？哟，现在有一米八高了吧？想当初我抱在手里头，不比一只猫儿长，也能长这么高大。小子，你想知道的我都告诉你。你亲生爸爸叫陈强，妈妈叫杨雪花，你爸是汝阳人，现在长住郑州开公司。"

我的眼皮不合时宜地跳动起来，困扰了我多少年的心魔，刘庆年几句话就能解开？可他为什么这样爽快地帮我？

不过，那时就算我心底冒起疑问，也绝不会去打破砂锅问到底。陈强，杨雪花，我像乞丐意外讨到一只金元宝，恩赐实在太大了，我慌不迭将这两个名字记在心里，巨大的欣喜反而令人手足无措思维滞后。

谢过刘庆年，我刚要转身离开，他叫住我，玩味一般说了几句话："当时我和万得福收了一点辛苦费，一人也就一万多吧。万得福将我该得的钱统统借走，说是投资到一个稳赚不赔的项目上，我就等着翻倍儿的高利润。十几年了，到现在我既找不到人，又要不到钱。你要是看到万得福，给他带句话：人做了亏心事，报应早晚找上门。让他别躲，躲也没用。"

我将他的话牢牢记住了，直到坐上开往郑州的车，才咀嚼出哪里不对头。外婆告诉我，为了"接"我，爸爸妈妈要花三万元，怎么也凑不够数，找万叔叔借了两千。刘庆年却明明白白表示，当年他们表兄弟帮忙做这个"买卖"，一人得了一万多的好处。先将刘庆年和万叔叔的恩怨搁在一边,只说万叔叔左手借给我的李太清爸爸两千元,右手又从爸爸那儿拿走三万元的事,至少有一万多元是落进了他的荷包……

我以前一直以为,万叔叔和我爸爸李太清是可相互信任的朋友,原来人都是戴着一副假面具生活,看上去温良无害,若是揭下面具来,天知道下面藏着的是狐是狼,是鬼是怪。

不过,我马上就能找到亲生父亲了,万叔叔人前人后到底有几副面孔,我也无暇去计较。

刘庆年告诉我,我的生父陈强在郑州开公司。寻亲到了这一关,简单得像是不用动脑筋的送分题:我打开企查查,输入"陈强"两个字,锁定了"郑州陈强",他是一家公司的法人,另外两家公司的股东。

网页附有陈强的电话。隔了十七年,我迫切想喊他一声"爸爸"。蜗牛的壳是否已近在眼前?

"你说什么?没有,我没有一个十七岁的儿子。你打错了。"

"你烦不烦？说了不要再打电话来！"

"再打老子就报警了！"

我傻眼了。可此刻自己站在郑州车站广场上，进不得进，退不得退。再鼓起勇气拨打第四次，对方直接关机了。

外婆给我的钱所剩不多，我要省着花。天色阴沉沉的，今夜是要落雪吧？我踌躇了一下，到底没舍得住店，在候车室凑合一晚吧。如果明天陈强的电话还没开机，我只能先回去，以后再想办法联系。

夜里睡得不踏实，候车室原本是让人候车而不是睡觉的。来来往往的乘客，熙熙攘攘，洪流一般从东流到西、从南流到北，纵然身体已经疲倦，能完整打个十分钟的盹儿已是极限。到了后半夜，也许是暖气温度降低，我将包里带的衣服全套在身上，还是感到寒冷难耐。我索性不睡了，撑着眼皮，左右张望候车室的人们。

我来得早，有个位子坐，还算幸运。春节是中国人最大的节日，车站乌泱乌泱的人，共同投入一场名为春运的迁徙之中，来得晚的人只能坐在地上候车。

墙角有一对中年夫妻吸引了我的目光。男人长着一嘴络腮胡子,说他三十岁有人信,五十岁也有可能。女人头发乱蓬蓬的,背上用布带子背着一个哇哇哭的小娃,旁边还坐了个五六岁大的女孩,梳着羊角辫,小脸脏兮兮的,在行李上坐了一会,可能感觉不太舒服,要求坐到女人腿上。女人骂了女孩两句,女孩委屈地哭起来,肩膀一耸一耸地抽抽搭搭。我看了一会儿,忽然很羡慕这一家人,哪怕他们看上去邋遢、憔悴,但一家四口齐齐整整。

"小妹妹,你到这里来坐。"我伸手招呼哭泣的女孩。络腮胡子朝我的方向瞥了一眼,没吭声。背小娃的女人迟疑了一下,拉着女孩走过来,向我点点头,一屁股坐下来,像是一块石头落进池塘的淤泥,发出"噗"的一声响,尘埃落定的响,理直气壮的响。

我不好意思站在人家跟前,拎着自己空瘪的旅行袋走开一点,踱到窗前。正在发愁接下来该去哪里,微信有人申请加我好友,我划开,竟是陈强。

15

加为好友后,陈强要求和我视频聊天。镜头中的他穿着一件衬衫和薄毛衣,与棉服外面重重叠叠裹两件外套的我像是生活在两个季节的人。

只一眼,我就确定不用再找了,心里有一个笃定的声音告诉我:他就是爸爸。我在镜中天天见到的脸,有着与他相似的轮廓和五官。

一大早,陈强开车来车站接我,他感慨地说:"你和我小时候长得几乎一模一样。"

至于他为什么会在关机十几个小时后又开机主动加我微信,我并不十分清楚缘由。他推心置腹地谈及:"现在骗子这么多,别说冒充儿子的,冒充我老子祖宗的都不少。我肯定要想一想才敢联系你啊!"

"爸爸,我们现在是去见妈妈吗?"一个急刹,陈强的车停在路边。昨晚没有落下的雪,今早纷纷扬扬飘下来了,城市车多人多,雪花不容易积起来,车轮碾过,脚板踩过,化作黑污的脏水,与纯粹晶莹扯不上半点关系。

陈强将车窗摇下来,点燃一支烟:"你说你叫什么?哦,对,你叫李正宵。你今年十七岁了,我就当你是个成年男人,咱们之间像男人一样对话吧。你说的妈妈是杨雪花吧?我俩早就分开了,她现在嫁到外地去了,十来年没和她联系过。这个,你能明白吧?"

说真的,我不太明白。大人的世界实在太复杂了,不过世上的夫妻,并不是每一对都像李太清爸爸和黄菊妈妈那么恩爱,闻听我的亲生父母在十几年前已分手的事,倒也不算惊奇。

陈强将烟头丢到窗外,发动车子,不再说话,带我去吃早点。我们一人要了一大碗三鲜烩面："快吃，趁热吃，要把汤喝了。咱河南烩面，高汤吊味，讲究的那叫一个鲜。"

他介绍得很热络，自己却只勉强吃了小半碗，便拿出烟来抽。烟灰时不时地飘落烩面碗里，我觉得自己碗里的烩面也被染上些烟灰味，噎在喉头难以下咽。不过，这是亲生父亲请我吃的第一顿饭啊，就算再没胃口，我也要努力咀嚼，梗着脖子将面咽下去。

微信响了。低头一看，是陈强给我转账六千元。我抬起头，不知该怎么称呼他、道声谢。他承认我是他儿子，但好像不太希望当我爸爸——这种古怪的认识来自何处呢？更像一种直觉，直觉有人往衣服里丢了一只苍耳进来，浑身上下说不出的刺痒难受，又说不清哪一块皮肤挨了扎。

"那个，等下我送你去车站，你赶紧回陕西吧。我现在的老婆比我小十二岁，平时就爱疑神疑鬼使小性子，如果她知道你来找我，呵，恐怕要展开家庭的第三次世界大战。她嫁给我之前，还和陈宇见过面呢。后来陈宇大学毕业前申请来郑州实习,我给陈宇买了套西服,想着接下来他找工作面试,看起来体面一点嘛。我这个老婆闹得鸡飞狗跳,还硬说不是气我买西服,是气我不提前知会她。但看她这种小性儿,我哪敢提前知会她?"

我听得头晕脑胀,抓住的关键点是,生父陈强现在的夫人比他小十二岁,爱耍小性子。那么,他频频提及的陈宇又是谁呢?

陈强将空瘪的烟盒揉成一团,丢到烩面碗里。服务员过来收碗筷,很不高兴地瞪了他一眼。他横起眉瞪回去,顺带往地上吐口痰。收银台后面的老板干咳一声,服务员到底气冲冲地走掉,没和他计较。

陈强哼声道:"顾客是上帝,哪有他们这样做生意的,还敢给老子脸色看?刚刚你问什么?问陈宇是吧。这就说来话长了。你妈杨雪花和我在一起时,其实我是有家有口的,那时我儿陈宇都上幼儿园大班了。杨雪花是个一根筋的女人,就是喜欢我,天王老子都劝不动,我有啥办法?我年轻时还是有点魅力的，女人花蝴蝶一样扑过来，扑过来就变海星，长出吸盘来，怎么也不肯离开了。肚里揣上你，死活不肯去打胎，硬说我和陈宇妈妈的感情早就破裂，她和我才是真爱。"

他一边说一边"哧哧"笑，像是讲一件好玩得不得了的事，自己在有家有口的情况下还能吸引一个年轻妹子，享尽齐人之福，觉得自己是男人中的翘楚。

这么说来，陈宇该是我同父异母的大哥。不过这不重要。陈强这么快就转到我生母的频道，我努力支起耳朵来听，神情异常专注。

"杨雪花年轻时那个疯劲儿就别提了。她挺着大肚子，就在我和陈宇妈妈住的小区里走来走去，嗨，你能拿一个怀孕的女人有什么办法？她就是这样不要脸皮！逼得我离了婚，要给她和肚子里的孩子一个完整的家。"

说到重点了，我面皮红胀，像是当年我在生母肚子中也无知无觉参与了一场丑陋的"逼宫"，母子俩一起表演，以强劲的无耻一圈又一圈地散步，对着小区邻居骄傲表示，肚里装的是陈强的儿，终究将陈宇妈妈打败，原配选择离婚，让位给不要脸面的小三。

"不过呢，我第一个老婆，就是陈宇妈，也是个狠角色哪，离婚可以，但我沾惹上那种烂货，是我犯错导致家庭分崩离析的。她连一根筷子都不分给我，彻彻底底让我净身出户。你都没法想象，李……对，正宵，你没法想象，我和杨雪花真正住在一起时，还要靠她手里几个钱给我买两条换洗的内裤！"

烂货？杨雪花是烂货？我耳朵发烧，烫得厉害，可我贪婪地听着，恨不得撬开陈强的嘴，让他倾吐出更多的真相。我现在明白了，当年，我的生父是心不甘、情不愿接受我的。不，也许他从来都没有想过接受我，因为我的到来，让他变成了彻头彻尾的穷光蛋。他原本给一个女人当丈夫、给一个儿子当父亲，当得好好的，生活稳定，风流倜傥，行走在人生的平顺轨道之上，可他沾惹上了一个固执的女人，女人怀上他的孩子，偏要将他拉扯过来，让他再当一次丈夫和父亲。他又不能学习蚯蚓将自己砍成两半，自然只能负了原配。

他离婚出门，说明是对杨雪花负责了啊，那么我，这个不受待见的儿子，又怎么会落入刘庆年和方德福的手里？

陈强的神情，似乎是在赞许我的提问，这至少说明十七岁的儿子不是很笨。他没有烟吸了，略带烦躁地把玩打火机，将它在手中颠来颠去，哧的冷笑一声，三下五除二解答了我的疑惑："那时我和杨雪花太穷了，生下你实在养不活，只好送人，为你求一个好前程嘛，跟着我俩你只有哭死饿死的份儿。后来我们结了婚，第二年又给你生了个弟弟。不过真的处在一个屋檐下，才知道她脾气太坏，相处起来像敌人似的。这不，你小弟陈仁一岁多时，我俩就离婚了。"

陈强将自己的两次离婚说得稀松平常，他烟瘾来了，伸手捂住呵欠，捂得眼泪汪汪："该说的都说了，当年送走你也是不得已。真的。就算我现在老婆耍小性子厉害，但和你妈相比，那是小巫见大巫了。杨雪花闹起来能拆屋毁家,她生你吃了些苦头,便成天哭哭啼啼,也不给你好好喂奶,动不动还吼你骂你,嫌你是个讨债鬼。所以那时送走你,除了我们穷,养不活一个小娃,也是爸爸为你的生命安全着想,是希望你离危险远一点。"

他一横眼一口痰,我得以赖在面店听完一个长长的复杂故事。他终于承认自己是"爸爸"了。他像完成了一项重要任务,火烧屁股一样跳起来:"走吧,我今天公司还有要紧的事,不能和你多磨蹭了。现在送你去车站,啊?"

"爸爸。"我叫出这一声时,觉得喉咙火烧火燎的痛,以为自己找到的是柔弱蜗牛的壳,没想到是一片荆棘,跟随他的讲述,我似乎赤脚走回了过去,将两只脚掌踩得鲜血淋漓。

"我还有最后一个请求。我妈妈,就是杨雪花的联系方式,能给我吗?"

16

陈强结了三次婚,杨雪花不肯服输,也大大方方地结了三次婚。

送我上了返回四川的车,陈强信誓旦旦地讲:"放心吧,正宵,杨雪花第二个老公和我还算熟,我回头就帮你打听她第三嫁的情况。反正听说嫁得远,具体怎么远法,我也不知道,没那个闲工夫去打听。"

陈强不是说,他和我的生母杨雪花在送走我之后还生了一个小弟陈仁吗?听陈强的口气,陈仁后来是跟着杨雪花的,杨雪花二嫁又三嫁,陈仁也先后拥有了两个继父。就算陈强和杨雪花不相往来，难道他对亲生儿子陈仁也同样不闻不问，甚至搞不清楚陈仁现在到底在哪个城市生活吗？

转念一想，我不知道陈强的现任有没有为他生孩子。大概率有吧，即使不算上"小心眼夫人"的孩子，陈强已经有陈宇、我和陈仁三个儿子了，他对于数量太多的儿子，是否早已磨去了父子亲情，已经能做到"无牵无挂，不思不念"了？陈宇来郑州实习，陈强尽父亲的责任，送了一套西服给陈宇；我来找陈强，他转了六千元钱。也许在他看来，西服也好钱也好，已经足够表达一个做父亲的诚意，他大可问心无愧了。

想明白了一些事理，我的心痛倒奇迹般地减轻了几分。这趟寻亲之旅能看清自己生父是什么状态的人，也不算太糟糕。他说当年送走我是为了我好，让我远离情绪不稳定的生母，去往一个更安全的家庭。暂且将他的话囫囵吞枣地统统吞下吧，不然还能怎样呢？

那六千元转账我没有接收，24小时后便退了回去，陈强也没有再转款。一天，两天，一周过去了，他的微信沉默不语，但我还是愿意相信，他不会背弃与我的承诺，答应帮我寻找杨雪花，他一定会给我一个交代。

舅舅和舅妈已经知道我远赴河南寻找亲生父母的事，他们开始当着我的面摔摔打打，指桑骂槐："就算养条狗，养这么多年也该养'家'了吧？咱可好，辛辛苦苦，养的还是一条吃里爬外的野狗！"

"还以为人家从此去当大少爷，吃香喝辣享受美好人生呢，咱又来挤咱们的穷家小户？"

小表弟原本对我还不错，现在也横眉冷眼，像是我叛变了，人人得而诛之，个个得而恨之。

只有外婆安慰我："宵娃子，你不要理那些人。说不定你妈妈也在找你想你，等你和你亲生妈妈相认了，你的苦日子也就到头了。"

十七年来，外婆固执地将我当成她女儿黄菊的儿子，将自己当成我的亲外婆。现在，一个瞎眼老太，竟比明眼人还能体察我的混乱和狼狈，她用远方的"妈妈"安慰我，希望我振作。说真的，这也成为我那段时间唯一的指望了。

虽然我不太愿意去想，外婆说李太清爸爸为了"接"我花了整整三万，刘庆年说自己与万得福一人分了一万多，他们到底是将这三万切开两半分割干净了，还是给陈强、杨雪花留下了一份儿？这个话我当然可以直接问陈强，他和我见面后的短短时间，就能竹筒倒豆子一般将他"潇洒半生"的事轻描淡写说出来，想必我问到这笔"买卖"，他也不会瞒我。

但我的心分明畏缩了。我不敢问，更不敢猜。现在生母杨雪花是我唯一的指望，我小心翼翼地保有着心中的神话，像九儿为自己编造一个接一个显赫的出身、在自己臆造的国度当公主一样，闭上眼睛蒙住耳朵，就不用听到外面世界的喧嚣，还有伤害。

九儿，你曾说过我们是一对最有缘分的死党，心意相通，在我看来，我俩的倒霉程度也是相通的。

几年前，我外出写生途中被美术老师凌辱时，九儿也差点落入色狼干爹的魔掌。这一次，我兴兴头头奔赴河南追溯身世，九儿说她找到了关于自己生父的"线头儿"，也是欢天喜地去找答案。

但我后来知道，九儿死了足足十天才被人发觉。警察发现她时，她浑身赤裸，下身血迹斑斑，幸好是冬天，尸体还未怎么腐坏。原来，九儿激动不已的所谓"线索"不过是对方处心积虑的谋骗。她的美丽是一种原罪，加上孤儿身份，她仿佛是一只待宰的羔羊，摇摇晃晃活在人间，不是今天，也是明天，罪恶的刀刃总会劈下头颅，染红一身纯净的白绒毛。

说不清促使我想去海边的原因是什么。是警方公布的九儿死讯，还是我终于，终于找到了自己的亲生母亲？

说"找到"不太确切，因为直到最后，她都拒绝与我见面。

0

我计划在生命的最后三天去海边看看。

离开之前,我清点了自己仅有的积蓄,给外婆买了一个暖脚器。她老了,血液循环不畅,一到冬天双脚就生冻疮,红红肿肿,疼痒难抑。除去给福利院捐的四百元,还能买一张去看大海的单程票,当然,我只需要一张单程票。

第一天,我捡了很多贝壳,在沙滩上拼了一个爱心,拍照发在微博上,我给照片配文:九儿,祝你快乐。

下面有网友留言:这个九儿是你女朋友吗?她

好幸福啊。

我礼貌地回复：谢谢。现在我也好幸福。

在网友和我的互动中，有一个熟悉的头像跳出来，她连发三个"双手合十"的图案，千言万语都在里面了。她胖胖的，姓靳，我和九儿都叫她"靳妈妈"。她不像别的老师在孤儿犯错时咬牙拧眉，露出不耐烦的表情。她总是笑，那笑就像长在脸上的一层皮。后来九儿悄悄告诉我，靳妈妈也曾是孤儿，她长大后不愿离开，回到福利院当了老师。那实在寒微的400元是我仅能拿出来的家当了，我是通过网银打给福利院的，靳妈妈兼职做财务工作，她应该收到了。我在备注栏写下了九儿和我两人的名字。我从未想过，我们两人的名字有一天会通过这种方式排在一起。不过，能排在一起就好，哪怕一生只有一次。

第二天，我将微信群的"三人小组"调出来，一遍遍听他们的声音，陈强，杨雪花，他们带着河南口音的语音，说快了我有点听不懂。不过不要紧，我本来就不需要完全听懂。杨雪花的态度很明确，为了怕我误会，她用语音讲了，还郑重其事打了一行字：千万不要来找我，不要打扰我现在平静的生活，我也不想见到你。

陈强就是看到那行字，和她吵起来的。

他是从杨雪花第二任丈夫那儿要到她的微信号，他加了她，她也通过了他。他将她拉到一个三人小组里，告诉她，他们十七年前生下的第一个孩子找过来了，他已经见了孩子一面，现在，轮到她了。

不知道为什么，陈强在叙述他和我见了一面的事实时，显出了几分道德上的优越感，甚至让我产生一种错觉，仿佛不是我千辛万苦去找他，而是他通过刘庆年，费尽心血主动跑来找到了我。

杨雪花的情绪爆发，也正是在察觉到陈强那种掩饰不住的优越感之后。

"你算个屁的老子？当年你拿了六千元，现在又假惺惺来充老子，真是不要脸到了极点！"

"杨雪花，做人要讲道理。当年你爸妈死活都不肯让你跟我，生下孩子也不肯，说我是二婚头，穷酸得拿不出一分彩礼。我不是为了娶你，会这么做吗？"

"说得比唱得还好听！你就算花了六千彩礼娶我，后来还不是又劈腿，在外面乱搞女人？狗改不了吃屎！你害得仁儿从小就没有个完整的家，都是你害的！"

……

我内心有个地方坍塌了。像是堆在沙滩上的城堡，看起来坚固巍峨，其实一个指头轻轻一碰，都会叫它瞬间倒下。

我一直不愿也不敢面对的三万元的分配细则，现在一清二楚了。上次我去郑州见陈强，他给我微信转六千元，我当时还以为他是出于父子之情，多少给我一点补偿，却不知他是想用这笔钱从根子上抹掉旧账。反正这十七年来，没有他这个父亲的参与，我照样长得高高大大，看上去不瘸不瞎。

我一直都在内心回避的"卖儿钱"，并不是空穴来风的猜测。只是，我即使再怎么天马行空地大胆猜测，也不敢设想这样的真相——陈强和杨雪花卖掉刚出生的我,是为了拿这六千给我的亲外公亲外婆,这笔钱让他们看到了二婚头陈强的"诚意",于是不再阻挠女儿的婚姻大事,让杨雪花如愿嫁给陈强。当然,两位老人不能预测,这对"苦命鸳鸯"惊世骇俗的婚姻,也仅仅维系了两年便再度分崩离析。

到底有多少亲人参与到"遗"我的过程中?

就在我对杨雪花彻底死心的那一刻,我才真正读懂了九儿的臆造中为什么永远都在期盼生父,却从未思念过生母——她幻想自己是不被生父知道的孩子,生父从来就不知道世上还有一个她,这是有可能成立的命题,能容下她一点可怜巴巴的奢望。但母亲怀胎十月生下她,总不会刚生下孩子就失忆吧?九儿无法为生母找到借口,索性远远丢开她,一心一意去臆测自己的生父是谁,甚至为此搭上了生命。

杨雪花原本是我最后的指望,如今变成最后插向我心灵的坚刃。

我是如此不受人欢迎的孩子。我曾在生母柔软子宫里待了十个月,她最初将我当作一个武器,逼迫婚外恋男人投降屈服的武器,当她达成目的后,又忙不迭地将我卖掉,换作一笔男人能娶她进门的钱资。十七年后,即使我在茫茫网络中找到她,她也拒绝加我为好友,只是在三人小组中用最恶毒的语言咒骂陈强。我这样的儿子,反正从一开始她就不想要,现在随便陈强怎么表演,不关她的事,她不想看到十七年前的罪孽活生生站在她面前,这会让她再生噩梦。更何况,她也说了,她不想让我打扰她"平静的生活"。她没有骂我,但那些话,每个字每个标点都是射向我心口的箭矢。

生母杨雪花的平静来之不易,的确不能被我这样的人轻易打破。我向她讨要的感情债,她转过身不愿受理,从此便成为一笔坏账或死账。

她没有我这个儿子。她手起刀落,干脆痛快,早已砍断的记忆,绝不会像壁虎一样续长出一条丑陋的尾巴。

我从来没有这样痛恨自己的存在。内心的堡垒已然破碎,化为齑粉。九儿,九儿,这一刻,我是多么想念你，没有你的人世，原来我寸步难行。

终于到了第三天，我该画的画已经画完。一张日出，一张日落。我也拍了照，作为最后一条微博的配图。这是我留给人间最后一封信，我渴望能以完美的姿态给它画上一个团圆的句号。我这一生，仿佛只活过这一天，从日出到日落、朝露到晚霜之间的流光转变，十七年弹指一挥间。

我曾看过一部电影，女作家伍尔夫在两边衣兜里揣满石头，义无反顾地朝水中走去。现在，我吞下大把安眠药，丢掉药瓶，起身向着月光下的大海慢慢走去，感觉腿脚一步比一步沉，像是伍尔夫兜里的石头都转移到了我的衣兜。

我像走在一条黑暗的隧道里，那么悠长那么暗黑的隧道，发不出任何声音的隧道，看不到任何希望的隧道。但我不气馁，再走一步，多走一步，也许就能捕捉出口微弱的光芒。这是在出生之前的隧道中行走吗？每一步都重如千钧，海水成了火焰，肆意舔舐我的小腿，燎起熊熊火苗。

浪潮轻轻推打过来，快要淹到大腿根。我忽然觉得腿脚酸痛，仿佛走过了太漫长的路，耗光点滴力气。记忆中，我曾有过通宵行走，直到两只脚板打起密实血泡的经历。那次，九儿从福利院偷跑出去，转了好几趟车才找到我舅舅家，她想来看看我过得好不好。相见的快乐总是短暂，舅妈冷眼瞧着我俩，又拿话敲打，说家里不会煮无关人的饭，九儿气得起身就走，我赶紧送她。我俩衣兜里竟然掏不出一分钱，九儿让我回去，她说自有办法回福利院。可除了行走，她能有什么办法呢？我陪她一起，道路变得像天的尽头一般漫长。我想起班上同学对我无缘无故的欺辱、再也无法在一起读书和生活的九儿，心中的酸楚就铺天盖地，步子也随之滞重。九儿转转眼珠子，语气轻快地说，上周末有个爱心人士来福利院做了讲座，其他的都记不得，唯独他讲的两句话让九儿深深难忘。故事中，寒山和尚曾问："如果世间有人谤我、欺我、辱我、笑我、轻我、贱我、恶我、骗我，该如何处之？"拾得罗汉答："只需忍他、让他、由他、避他、耐他、敬他、不要理他，再待几年，你且看他。"

就在这时候,捏在手里的手机响了起来。靳妈妈的声音有些气喘:"正宵,这么晚了,会不会打扰到你?我清理九儿遗物,发现一个礼品盒,上面写着你的名字,还有一张贺卡,祝你十八岁生日快乐。我记得你生日还要等两个月的……不过,等你从海边回来,有空来一趟福利院吧,我先将盒子拿给你。"

十八岁?礼品盒?九儿?

靳妈妈又说:"你和九儿捐给福利院的钱,我们会买成糖果分发给孩子们,到时你也一起来吃。"

糖果。我与九儿曾分享过的龙眼核大的硬糖。九儿笑嘻嘻对我说:好日子还在后头呢。

九儿,九儿……天空出现了九儿白色的身影,但倏忽就飘到了脑后。九儿说"再待几年,你且看他",黄菊妈妈拼着最后一口力气,仍然嘱咐我好好读书,她们都希望我做有用的人,不仅对自己有用,将来还能帮助更多的人。

九儿,对不起。我以前一直以为你说的好日子,是找到亲人后的荣华富贵,原来不是,在这些

"谤我、欺我、辱我、笑我、轻我、贱我、恶我、骗我"的日子里，只要我没放弃、没被打倒，一样是好日子。待时光过去，我只会更强大，像你当初坚信的那样，走着，走着，总会遇到好日子的。

人生不知会遭遇多少个黑暗的隧道，可只要护住心中一点微末的光亮，就不会被恐惧与绝望吞没。九儿，现在你在天上看着我指引我吗？你点燃我心中的光，给予我向前行走的勇气。就像我们曾经并肩走过的长夜，我送你走了整整一晚，晨光熹微，我们才看到福利院的大门。那一刻，虽筋疲力尽，但内心欢乐无比。

"宵娃子，宵娃子。"手机又响了，外婆的声音带着浓浓的哭腔，"你到哪儿去了？我不会用你的好东西，你快回来教外婆。外婆看不到开关，怕把暖脚器摁坏了呀……"外婆有一只社区慰问时送的盲人手机，她请社区人员将我的号码存为"1"，但从未打过一次。她第一次拨打电话的人是我，说她不会使用我买给她的高科技暖脚器……

外婆，外婆啊，我们之间没有血缘关系，为何总是会想到我？冥冥之中，像是神祇告诉她，我有不祥的想法了。她在这个时候打过来，像是一分钟一秒钟都无法等待。

当然无法等待。茫茫海水，袅袅海雾，天上的星星费力挣脱云层的束缚，闪闪烁烁地向我眨眼。九儿在云端，爸爸、妈妈和姨妈也在啊，他们都与我没有血缘关系，却都是我李正宵的亲人。我这一生，孕育是错，降生是错，但成长绝不是错，亲人们给予我的爱，早就超过了骨肉亲情。我以为自己是一只没有硬壳的蜗牛，所以四处寻找，想将血缘亲情筑成一道壳，保护自己不受伤害，却不知生命旅途中遇到的亲人们，已经用爱为我织就一件黄金铠甲，日夜护我，朝夕伴我，无论天上人间、阴阳两隔，他们都从未放弃过我。

外婆失去了两个女儿、失去了多年相守的老伴，失去了光明，她依然活着，还省下分分角角的钱，让我当路费去寻亲，我长这么大，给外婆回报了什么呢？唯一的回报，那只暖脚器，还是用外婆的钱买来的，我还没教会她使用，就要将一只冷冰冰的机器丢给她，让我弃她而去的噩耗打击她吗……哦，不不不，我不能让外婆承受这些！我要回去，教她用暖脚器，让她不再生冻疮，将来还要工作赚钱，买一间暖融融的屋子，外婆就再也不怕过冬了。

外婆，你等等我。

生活的这条隧道虽然漫长阴暗，我想只要一念不息，终究会有出口啊。

前面只有海水，不见出路。我转过身，来时的岸畔已经灯火闪烁。我用尽力气，推开沉沉的水，一边往回走，一边急切地拨通电话："喂，120吗？我刚才吃了一瓶安眠药，现在海滩……"

花

醉

成 长 三 部 曲

杜阳林 著

图书在版编目（CIP）数据

花醉 / 杜阳林著. -- 南京：江苏凤凰文艺出版社，2025.5. --（成长三部曲）. -- ISBN 978-7-5594-9409-2

Ⅰ. I247.5

中国国家版本馆CIP数据核字第2025VA1609号

花醉

杜阳林　著

出 版 人	张在健
图书策划	王　青
责任编辑	孙建兵
特约编辑	余慕茜
责任印制	杨　丹
出版发行	江苏凤凰文艺出版社
	南京市中央路165号，邮编：210009
网　　址	http://www.jswenyi.com
印　　刷	徐州绪权印刷有限公司
开　　本	787毫米×1092毫米　1/32
印　　张	2.875
字　　数	39千字
版　　次	2025年5月第1版
印　　次	2025年5月第1次印刷
书　　号	ISBN 978-7-5594-9409-2
定　　价	68.00元(全三册)

江苏凤凰文艺版图书凡印刷、装订错误，可向出版社调换，联系电话 025-83280257

一

姑妈还是老样子，坐在门槛剥豆子。她腹部的肉叠了几叠，系着的围裙带子，给腹部分成了上丘和下壑。她两腿岔开，装豆子的小簸箕放在腿中间。她从模样笨拙的豆壳子里挤出两粒或三粒的蚕豆，蚕豆近乎欢快地跌进簸箕，姑妈絮絮叨叨地和它说话，左不过是"不要慌嘛"，或者"瞧你这嫩生生的小模样"。林秀站在柳树的阴影之下，柳叶轻柔地拂过她的脸，她只需要瞧一瞧姑妈蠕动的嘴皮，就已经大抵猜出她口中丝线一般不断不绝的话。

走过了七个年头,姑妈没有变得更老,当然也不可能返老还童变年轻。她恒定散发着的温暖磁场让林秀放了心,提一口气,拎起地上的旅行袋,又捻了捻胸前斜挎的坤包细带子,下定决心一样,拂开珠帘一般的垂柳条儿,往姑妈家走去。

姑妈似乎有心灵感应,在林秀离她还有三四米远时忽然抬起头来,右手抓住两只饱满的豆荚,左手撑在额前搭了个凉棚,薄薄的嘴唇紧紧抿成一线,是忽然看到陌生人进村的本能防备。但几秒之后,她卸掉凉棚,带壳的蚕豆往簸箕里一扔,就势拍起大腿来:"死女子,你总算回来了!"

林秀的眼球酸涩,就像里面坠了两粒小小的铅球,体型虽小,沉重却是真沉重,一径坠下去,发出无言的声讨:看你不哭,咋还不往下掉眼泪!

越是催促,眼泪越是矜持地往里收缩,仿佛铁了心,从液态变成固态,冻成硬邦邦的一大块,却迟迟掉不下来。林秀心知肚明,姑妈号得惊天动地,是在帮她哭呢。去年安葬林秀父亲,姑妈哭了好几天,村里谁不说她对兄长仁义?可林秀没看到，这就不算数，今天必须再哭一次。

姑妈大放悲声，混杂着"死女子"，声讨了林秀足足十来分钟，自己也只挤出两滴泪。姑侄俩都有点心虚，回避着对方的视线。姑妈反思着去年哭得太多，大概伤了泪腺，现在硬撸也撸不出眼泪来，倒显得"雷声空响"，分明在压迫小辈。不过姑妈总是心宽的，转念一想，横竖故去的人已经在地下躺了一年，就算逼着林秀今天将眼睛哭出血来，人变鬼魂终究是单行道，不可能再回人世走一遭了。再说哥哥一辈子就落下林秀这么一点骨血，捧在手心养大，轮不到当姑妈的来横挑鼻子竖挑眼。

姑妈心里释然，立即擤擤鼻子站起身来，让林秀歇一会儿，这就给她做饭去。林秀拉住姑妈的手，说肚子还不饿，想找姑妈拿一下钥匙，先回家看看。

姑妈点点头，撩开围裙和衣襟，从裤腰带上解下一串钥匙，又从上面仔细地抹下两把，指点着说："喏，这把是院门的钥匙，这把是堂屋的。"离得近了,林秀才看到时光并非对姑妈一径宽仁容情,她的头发稀薄了很多,尤其是顶上,露出指头宽的苍白头皮,越是靠近发根处,头发越像秋霜一般。

姑妈和林秀的父亲是兄妹,但从外形看,两人的长相极不相干。林秀没见过姑妈年轻时的样子,自她懂事起,姑妈就是尊女弥勒佛了。姑妈抱着她,两个下巴的肉颤巍巍的,林秀舒舒服服躺在姑妈怀里,靠着她柔软的胸脯,伸出小手好奇地去摸姑妈的脸。姑妈捉住她的手,放在嘴边亲了又亲,眼睛里亮闪闪的,犹如秋湖的水面闪着碎金子:"小可怜见的,没人疼姑妈疼!"姑妈说得有些咬牙切齿,眉毛上方的肌肤泛了红晕,眼珠也瞪得更圆更大。林秀吓了一跳,扁着小嘴哭出声来。哭归哭,小孩儿内心是明白的,知道姑妈爱她,抱着她就不撒手,被哭泣引出来的清鼻涕,拿手背抹了,顺手揩在林秀的方格子洋裙上。

林秀的父亲肖似一根竹竿,骨骼之上只覆一层薄薄皮肉,躯体的瘦削,倒衬得他脑袋特大,蜡黄脸颊上鼓凸一双黄牛般的眼睛,性格也像黄牛一般温顺。每次他的亲妹子动了感情,将小林秀搂进怀里"宝儿乖儿"胡喊一气时,他也从不阻拦或劝慰,静静坐在花树下,垂着脑袋一动不动。藤椅上铺着星星点点的花瓣,坐的时间长了,整个人仿佛被砌进了花冢,连眼皮上都坠着粉色的桃花。

村里人对林秀父亲在小院种了二十多株桃树颇有微词,上了年龄的人还摇晃脑袋,说在桃花院里住的时日久了,人也浸出一层古怪的阴柔来,举手投足都和别的村人不同。当然,他们也只敢背地嘀咕几句,待见了林秀父亲的面,还是会轻咳一声,客气地打招呼:"林校长,吃了吗?"

姑妈骄傲地说过,林秀父亲当过中学校长,不是在当地,是离这儿有一百多里的县城,这就更让姑妈敬佩了——哥哥能到县城当校长,凭仗的是一身过硬本事。至于他为什么会在壮年还乡,只身带着一个小女儿,在老宅基地上重新盖了个小院过日脚,慢慢移栽二十几株桃树,将院落打扮得格外妖娆，就让人不得而知了。

姑妈谈起林秀母亲来，说法多变。在林秀幼年时，她的回答一律是"你妈福薄，病死了；你爸忧伤过度，跟着生场病，不能再教书了。"林秀长大一点，听了村里人一些闲言碎语，姑妈也附和这些说法咬着牙道："不错，你妈年纪轻轻就跟人跑了，丢下你和你爸。漂亮女人心思就是多！"

不管母亲是死亡还是私奔，在林秀的成长过程中，她一直是缺席的角色，家里没有一张母亲的照片。林秀曾经偷偷配了父亲木箱的钥匙，在木箱最下面找到不少宝贝，比如他念师范学校时获得的校级三好生奖状，还有他工作后连续几年荣获"教育标兵"称号的证书，一个表皮磨损的相册簿子。相册里插着大半本黑白或泛黄的照片，从头翻到尾，全是合影，但没有哪一张是父亲和一个女人的照片。父亲仿佛十分习惯将自己放逐在人群之中，他的配偶和自己，久而久之，被宏大的"集体"吞噬了，一点残渣都不剩。林秀始终找不到"母亲"的影子，最疼自己的姑妈也弄不清林秀母亲长什么样，但作为关系最亲密的内亲，她歪着头装模作样思索一番,给林秀指了明路:"那还不容易?你去照照镜子,你们母女俩一模一样的漂亮!"

二

　　钥匙插进锁芯，林秀深深呼吸一口，平复忽然七拱八翘的心跳。怕什么呢？她轻声自语，从三岁到十七岁，整整十四年，她和父亲住在这里，即使七年未曾亲近，家始终是家，如同姑妈还是过去那个胖胖的温和的妇人，只是被时光催得更老了一点。谁能不老呢？就算自己，不也在内里长出了一层未老先衰的硬壳吗？林秀给自己鼓了气，咔嚓一声，锁头清脆地弹开，再将它的脖子拧向一边。锁开得太轻易，仿佛里面藏着什么秘密，倒叫林秀的心怦怦乱跳。

院门开了，被林秀封存了七年的梦呼啦啦地向她扑面而来。当年父亲从山里零零碎碎挖来野桃树，有两株刚"入住"时，并不比三岁的林秀高多少，二十多年过去，它们个头喜人，枝梢高高越过院墙。走进小院，泥地覆上一层粉白色的桃花，蝉翼般脆薄，点点红泪一般，竟有种触目惊心的华丽之感。父亲专属的藤椅竟也摆在原处，上面铺着缤纷散落的花瓣。林秀久久地望过去，仿佛上面还半躺半坐着一个隐形人，他目光慈悲而悠远地望过来，她酸涩的眼球忽然就解除了强压，泪水夺眶而出，清泉一般汩汩地流淌，用手背擦了又擦，终是干不了。

邻居家的小孩，两只小手捧着一块泥巴，腮上也沾着黄泥印，不知何时踱到门口来的，眼睛定定地看向院里的人，眼神好奇而警惕。对他而言，林秀是不折不扣的陌生人，他对于林秀何尝不是呢？七年前林秀离家时，他还没出生呢。她走过来，面无表情地关上大门，关上小孩惊愕的喊声："妈妈！有人钻进林爷爷的屋！"

这是林秀意料之中的事，她既然选择回来，一只脚踏进了往事的河流，另一只脚就不得不跟上，她必须面对乡邻的确认，并且扛起他们的质疑——到底是什么大不了的事，连父亲的丧事都不肯赶回来，非要在一年之后才出现呢？

林秀关上大门，门后有两道插销，统统都插上了，仿佛这样便能将外面好奇的视线统统挡住。小孩的叫声高高低低，炒豆子一般在空气中爆开，倒也并非全无用处，像是蛮横地推倒了一道水闸，让林秀眼泪不再汹涌流淌，只剩下胸腔几声呜咽，和着钻进院里的风，吹落一树桃花。

花开得越灿烂繁盛，林秀的心就越酸楚，父亲就是在这铺天盖地的桃花之中咽下最后一口气吧？姑妈一手张罗了他的丧事，吹吹打打，哭哭啼啼，同时请了和尚与道士来念经，白事上该有的一切规矩都不含糊，但这并不是一场圆满的葬礼，因为死者唯一的女儿不知身在何方，谁也联系不上她。

如果林秀告诉姑妈，父亲去世那天曾为她托过梦，姑妈会相信吗？

这是真真切切发生的，林秀从小睡觉就不老实，睡熟了喜欢把两只脚探出被窝，冬天这样冻着脚睡一夜，早上一起床就喷嚏连天，学校也不能上。父亲便养成习惯，身体里藏了一个嘀嘀作响的闹钟，半夜总要起床两三次，把林秀露在外面的光脚塞进被子，再给她掖一掖被角。

十七岁离开家，没人再给林秀掖被子了。那晚她睡得迷迷糊糊，父亲仿佛又轻手轻脚走过来。遵照规矩，房间通宵不会熄灯，因此林秀看得很清楚，父亲微弓着腰背，花白了一半的头发在灯下像一蓬干枯的禾草，轻轻托起她的脚放进被窝，头发跟着动了动，是细草遇微风的摆动。

"爸爸，你好久都没帮我掖被子了。"真是奇怪，林秀在梦中也分明知道自己身在何处，她甚至一边说话，一边还拿眼睛警惕地看看四周，确定房间里别的女人都被酣梦牢牢坠着，未曾醒来。走廊尽头的墙面挂着一只大钟，静夜侧耳聆听，能听见秒针往嘀嗒的声音。多年不见，父亲真是长进了，脚步轻柔,脚底像团着一阵风,无声无息地就过来,帮女儿掖被子,林秀睁眼喊他,他含笑隔着被子拍了拍林秀的脚。父亲对林秀说,以后你别蹬被子,老是着凉,对身体不好。

父亲嘱咐了就往外走,林秀只是眨了眨眼,他已经离开。她在梦中掐了自己一记,又一记。早上出操时,旁边的女人看她被掐得乌青的左手腕,大惊小怪地喊起来:"哎呀,05210,你昨晚不是被鬼拧伤了吧?"

"你才是鬼,你他妈全家都是鬼!"林秀咬牙切齿地扑过去,和那个女人扭成一团。她们穿着同样的衣服,剪着一式一样的短发,看上去就像两个双胞胎在地上翻滚,旁边还站着一圈儿身穿蓝灰衣服的女人,苍青的脸上透着兴奋的红晕,胸脯起起伏伏的,为她们作无声的助威,直到管教吹响声音尖利的口哨,生气地分开了她俩。

因为主动挑衅打架,林秀在那个地方多待了一个月,她并不是不能联系到姑妈,虽然她在那里一共待了两年零一个月,从没有亲人来看望过她,算是特例，但如果她主动申请，费点周折，向管教说些恳求的软话，总能辗转找到姑妈的。父亲是不是出了什么事？否则，他怎么会无缘无故到她梦里来？

林秀终究吞下了她的疑问，像是吞下一块玻璃，她当作冰糖，一丁点一丁点地嚼碎了往下咽，表情云淡风轻，不去管喉咙里的血腥味道。在被关禁闭的一个月时间，除了管教一日三餐送饭过来，她没有见任何人，而对于管教，她也始终缄默，不肯多问一个字。从小到大，他们父女俩的日常相处，显得比旁人更淡漠，仿佛将言语克扣下来成为日常的滋养。即使如此，林秀也固执地认为，"无话可说"不是出于憎厌，而是懂得。

禁闭室很小，仅容得下一个人。夜里，一片月光从窗缝滑进来，如同清凉的冰片，她将手抬起一点，想去触摸月光，仿佛它真的像一只飞倦的小鸟，能栖停在腕上，静静的，渲染天长地久的寂寞。林秀对着月光说，请你照耀我也照耀爸爸。请你照耀我也照耀爸爸。

一遍一遍，周而复始，仿佛天上的明月真能捎去她的话，让之前的那个梦，以及梦所引申的所有恐惧联想，都能不攻自破。

三

院里的桃花落尽,枝头挂起了小小的青色的桃果,桃已经长到了拇指大小,林秀站在累累的毛桃下面,看一幅画。那张画已经被她翻来覆去看了七年,当年她有先见之明,在离家之前专门去县城照相馆请人给画过了塑。照相馆的人还笑她,人家都是给照片过塑,你倒好,给一张纸过塑!林秀在心里冷笑一声,这些人懂什么呢?一张画的价值,无论如何比照片更加重大,经年累月,它还在不断膨胀,像是一团生命力强劲的细胞群,不断分裂和繁殖,长出强大的灵魂。如今,半旧的画已是林秀的无价之宝。

只能是林秀一个人的无价之宝,别的人翻来覆去看不出这张画的意义,不就是一幅平平无奇的素描画吗?占据二分之一画面的是一株桃树,即使铅笔轻描,也能见它艳得近乎妖气,落英缤纷,树下花瓣铺展成厚厚花毯,上面侧卧一个少女。因为是侧卧,瀑布一般的头发垂下来,看不清少女的脸,甚至她的腰和腿都是用格外写意的画笔匆匆勾勒而成,仿佛画者的心魂都被妖娆的桃树深深勾住了,少女反而成为不起眼的点缀。

林秀不爱与别人说这幅画,她甚至吝啬于被人看到它,这些浅薄的人懂得什么呢?他们顶多会做出一副恍然大悟的样子,长长地"哦"一声:"桃树下的少女,就是你啊?美,真美。"如果有人这样说了,林秀眉头会高高地拧起来,她既不承认也不否认,只从腔子里冷冷地哼一声。那个侧卧酣眠的少女是不是林秀有什么打紧的?重点是画画的人将她一部分魂魄抓来了,像是湿手抓面粉,面粉简直连半点招架之力也无,心甘情愿地跟着去了,满满握了一把，从此牢牢粘在手上。

画家很年轻，稍长的头发窝在后脖颈，穿一件油腻腻的夹克衫，一天不剃须，上唇就会冒出一抹青黑的须根。说来也怪，这须根并未让他显得更成熟，反而更稚弱了，像是一个小孩子戴了大人的面具，被人在后背轻轻一推，他睁开眼，已站到陌生的舞台，脸上挂着一种半是紧张半是迷惑的神色。

画家说他是被这片桃花吸引过来的，他背着画板在乡下走走停停地写生，算是去过不少地方，但从未有一处像面前的民居这般令人震撼。在墙外看久了，像是围聚成一个"口"字形的桃花阵，要将四方小院慢慢吞没，温柔而有恒心，一年不行就十年、一百年，它们自有蓬勃盛开的生命，一旦活下来就一直生长，步履不停，目标坚定。

画家像是发了高烧，头脑晕沉沉的，四肢滞重笨拙，他去叩院门，没人应答，但轻轻一推，门就开了，树下有一个少女浸在阳光温煦的梦中。看不清脸，她浑身上下仿佛都闪烁着耀眼的珠光，像是一棵被拦腰凿倒的桃树，横卧了还能继续野蛮生长，根须裸露在空气中都能舔到足够的营养。他口鼻的灼热感更加浓烈，唯有双眼清凉，反手从背后抽出了笔和纸，像剑客拔宝剑出鞘，心无旁骛地画起来。

站在身后的林校长轻咳一声。画家转过一张迷迷瞪瞪的脸。

"我说，你怎么在我家？"

画家将素描插进他的本子里，用力地握住林校长的手："不好意思，我不是故意闯进您家小院的。这桃花，实在太漂亮了。"

林秀撑起身来，英语课本从她身上跌落，她也不知道怎么会睡着的。这个春天的周末，像是给人下了蛊，她四肢软绵绵的，而一双眼睛亮得吓人。

林秀静静看着父亲和一个陌生的年轻男子说话，直到父亲唤她："秀儿，别坐在地上，当心受冷。给你雷哥哥倒碗水吧。"

雷听涛不仅喝了林家的水，当天晚上还留下来，喝了林家的酒。他告诉林校长，自己是在北京学美术的学生，大四了，空闲时间很多，他想先背着画板去画自己想要的画,再去管接下来的营生。说起"营生"两个字,雷听涛两道浓眉向上拧起来,像是百般的不情不愿,又心知肚明躲不过,现在能延片刻光阴也是好的。

"林校长,还是你好啊。"雷听涛喝酒架势摆得很大,但酒量很浅,二两"桃花酿"下肚,他已面皮赤红,指头在空中点来点去,仿佛林校长兀自分了一大堆的身。

"我有什么好的?"

"您像魏晋名士,隐居于此,不问浊世,清风明月两相宜,这还不好吗?"雷听涛很大声地说,神情也带了一点小孩偷听大人秘密的亢奋,"和您说实话吧,今天是我到村里的第三天,我第一天就被这铺天盖地的桃花打动,但一直忍到今天才来叩门。为什么呢?我不敢啊,我想尽可能地了解您,懂得您,才敢走近您。"

林秀面前也放着一只酒盅,里面是苦荞茶水。她平日在镇高中住校,周末回来。父亲拿她当大人看待,无论家宴还是外面的席桌,她都陪在父亲身边，只是将酒换成茶而已。

林秀听了雷听涛的话，有些莫名的动容。晚饭前，雷听涛送了一幅画给她，黑与白两色，竟冲撞出了千军万马的气派，铅笔浅浅勾勒出来的桃树像是在少女头顶燃烧，而少女义无反顾地当自己是柴，让这桃花开得更加灿烂。林秀不在乎自己被人当作模特使用，她甚至觉得，这个侧卧花树下的少女是比自己更美的存在，像是从她身体之上长出的一个新人。

"魏晋名士？"林校长冷冷哼出这几个字。"桃花酿"仿佛有些冷却下去，连带谈话的温度也在骤降。他为自己情绪的突变感到焦躁，像是刺猬不由分说扬起了身上的刺，对准的却是空气中的假想敌。端起酒盅，却在唇边放下了，他轻咳一声，换个话题，温言道："《世说新语》里讲顾恺之，有这样几句话：顾长康画人，或数年不点目睛。人问其故，顾曰：'四体妍蚩，本无关于妙处；传神写照，正在阿堵中。'我看你年纪不大，'神韵'二字委实把握得不错。日月流转，朝代更迭，要说流传下来的魏晋风度，也许画画的比写字的更接近文化的本原。"

"林校长，林校长……就冲您这句话，我一定要再敬您一杯！"雷听涛将杯子端端正正托到胸口，还未敬林校长，就像是被空气兜胸打了一拳，脸上挂着笑，上身歪了一歪，额头重重地磕在八仙桌上，溅落一地的花生米。

"别收拾了，秀儿，早点睡吧，明天你还要去学校。"林校长给雷听涛肩上覆了一件外衣，就先进屋休息了。

满院的月光像是水银一样，流泻得角角落落都是。林秀站在月色中，凛冽若一尊白瓷的雕像，像是有什么东西在她的十七岁倏忽破土生芽，活了过来。

四

当年林秀为什么要离开,就像一年前她父亲病故时她为什么不及时赶回来奔丧一样,是村人百思不得其解的疑案,正因为怎么也猜不中答案,反而令人兴致勃勃、无穷无尽地猜测下去。她只要关上院门,就能将这些流言蜚语挡住似的。指头大的青桃慢慢长到小孩拳头大,颜色从青转白,远远看去,像是垂挂着一枝枝的石头,风大一点,它们彼此碰撞,发出沉闷的声响,像是肉身的对决。

树下听桃音,林秀一听就是一个下午,连着一个黄昏。到了傍晚,姑妈晃着一身颤巍巍的肉过来喊林秀吃饭,林秀说她不饿。胖人容易出汗,姑妈抹了一把额上的黏汗,咻咻气喘道:"我还不知道你?晚上总躲起来一个人泡方便面吃。你一个人也不好开火,来和姑妈一起吃吧。"

林秀拗不过姑妈的好意,低头跟在她后面。村里最热闹的要数晚饭时光了,纵然越来越多的年轻人离开村庄,老辈子们还保留着一点从前的惯例,端着一只大碗,饭和菜都堆里面,蹲在门外扒饭,看到有熟人路过,拿筷子头敲敲碗沿,要么说"进来吃一口",要么问"还没吃啊"。姑妈领着林秀一路走过去,收割了不少招呼。姑妈笑得仪态大方,在人家发问前先说:"我带秀儿去家吃饭。"老人们就笑呵呵地点点头:"一晃眼,秀儿都长大了,这么好看!"姑妈便将后背挺得更直些,脸上的骄傲也深了一层,明晃晃地挂着,进了家门也不肯卸下来。

林秀没有姑妈的兴致,院门一合上,她嘘出口长气,像是走了很远的路,终于到达目的地,厚厚的铠甲能暂时脱下来,刀枪剑戟也能暂且放在一边。

姑妈看着林秀，眉间露出淡淡的笑意，说道："快洗手，今晚吃烙饼卷鸡蛋。"林秀已经不是三岁小孩，不会为好吃的而雀跃。今天堂哥一家三口不在，偌大的八仙桌，只有姑妈和林秀，中间是堆得小山高的烙饼，姑妈往烙饼里拼命塞鸡蛋，黄澄澄的炒鸡蛋，冷掉一点腥味便硬生生地被逼出来，含在喉头，像是吃了鸡屎，她的眼白噎得泛蓝。

她想起了"那里面"。过端午节，"里面"也庆祝节日，煮了鸡蛋，染成五颜六色的，每人发一个。林秀拿到了一只粉红的蛋，竟像宝石一样晶莹。她爱不释手，舍不得磕开它，腿毛浓重的同伴看出林秀的小把戏——想将食堂发的鸡蛋偷偷摸摸带回房间。同伴在林秀计策快要得逞时截住她，她不仅失去了粉红的"宝石"，肚子上还重重挨了一拳。她艰难地抬起头，同伴急不可待地吞吃粉红的鸡蛋，蛋壳没有剥干净也不打紧，牙齿咯吱咯吱地切割着蛋壳，发出兽齿恣意的声响。

"秀儿。"姑妈将她的思绪拉回来，"我有话跟你说。"

该来的总会来。林秀眼睛瞬间变得灼热，亮光闪闪。"出来"之后，第一件事是向当地派出所报到，她知道像自己这样的人，书面上被统称为"社会不安定分子"，她身上带着瘟疫的影子，就算藏得再深，终究会露馅。

姑妈开口，说的却是别的事，甚至不好意思地抿了抿头发，又稍稍移动了盘碟的位置，脸上浮现清油刷过的一层笑："秀儿，你爸已经不在了，现在姑妈就是你最亲的人，也就倚老卖老，跟你说说掏心窝子的话。"

像是有一根带子勒在林秀脖子上，越收越紧，她几乎要叫出声来。姑妈想说什么？问她十七岁离开家乡，是怎么漂泊的？还是她突兀回来的"语焉不详"背后埋藏着什么恶心的伤口？作为"社会不安定分子"，她隔几个月还要去派出所，接受谈话与监督。

姑妈的语气却比拂过河面的蜻蜓还要轻快："你今年本命年，24了吧？我像你这么大时，你表哥已经会满地爬了……姑妈帮你想过了，看你这次在家一住就是几个月时间……我就想着，像你这种在外跑过大码头的人，说不定倦了累了，也想回头过过平常小日子。秀儿，女人再怎么要强，说穿了，还是走不出女人的命。你早些安定下来，你爸在地下也该安心了。"

林秀愣怔了一下，她有无数种猜测，姑妈说的这一种还是出乎意料了。结婚？她简直想在心里冷笑了，姑妈并不知道，此刻坐在她对面一小口一小口往下吞鸡蛋烙饼的侄女是个什么货色。她以一贯的天真和善良来为林秀出谋划策，若有一天发现了林秀的真面目，会暴跳如雷或气急败坏吗？林秀甚至不无恶毒地想着，哪个好人家的男人肯接受她这样的女人呢？当然，除了那个人，那个她找了、等了七年的人，不管她犯什么错、堕落到何种地步，只要是他，一切都无所谓了，丑陋的恶臭的伤口，甚至能成为一枚在他面前自矜的勋章。

林秀呆着不动，在姑妈这个老派人的眼里，却是一种女儿家的自矜。她很满意林秀此刻的沉默，同时骄傲于身为长辈,为这个孤女所肩负的义不容辞的责任。她两手拍了一拍,就此定板:"你堂嫂不是在县城卖手机吗?她认识的人多,自家亲戚,比旁人更经心些。秀儿,周末堂嫂陪你去县城,一起吃顿午饭吧。"

该来的总会来。细细一想,这就是姑妈的风格,她平时对着一口铁锅都能说两句:"看你崭崭新锃锃亮的,我得选个最登对的炒勺来匹配,炒的菜肯定满口香。"

在姑妈的意识里,就算一口歪锅,也有一座瘪灶来配呢,更何况眉清目秀的林秀?

姑妈兴兴头头,容不得林秀拒绝——小可怜见的,如今孤儿一个,除了姑妈,还有谁为她筹谋呢?再说林秀,离开北京之后,她仿佛失去了地域赋予她的力量,反正,今生注定是找不到他了,自己被安排和别的任何一个男子见面,又有什么差别?

五

林秀没有正式相过亲,姑妈表现得比自己嫁女儿更热络,近乎紧张了,事事都要出点主意。可惜她的经验纯属几十年前的老古董,和自己儿媳方向相左,两人不时拌两句嘴,很快又和好。三个女人关起房门来,简直是要鼓捣出一颗原子弹的架势,邻居家的小孩听见吵声,踮脚趴在窗口上看看,却不过是胖胖的老女人和她儿媳妇忙着将那个一脸冰霜的孃孃打扮得花团锦簇。

林秀像最乖巧的木偶由着她们摆布,她内心全是冷笑,自知到头来这只是一场笑话。纸是包不住火的，到时真相大白于天下，男人能接受她的身份吗？一个在"里面"待了两年多的人，就算已经放出来，是自由身了，可她真的自由了吗？现在她能宁静偷安地度日，不过是将过去的事折叠起来，深深藏在缸里，挖个大坑埋进泥土。可惜现在是信息时代，男人但凡起一点疑心，去网上查一查，也就将她的过去，连根带须地统统拉上来。想着未来自己可能会被推到一个尴尬绝望的境地，林秀竟觉得精神振作了几分，不像一开始那么漠然不问，觉得与自身无关，蛰伏在不远处的恐怖前景反倒增添她嗜痛的兴致。

折腾了两天，林秀到底顶着一头新烫的头发，穿着红艳艳的裙子，脚上套一双细高跟的凉鞋，准备"登台亮相"了。堂嫂介绍，和林秀见面的男人姓伍，是粮食局的科员。如今公务员是香饽饽，吃公家饭的伍科员，怎么就肯"屈尊"来相一个乡下女子？堂嫂忍住笑，说等秀儿妹见到人就知道了。

正式相亲见面时，林秀原本冷若冰霜，竟也绷不住，虽然没像堂嫂那么哧哧笑出声，但脸上肌肉跳了几跳，扯出一个笑纹来。

伍科员率先笑起来。这一笑，眼睛剩下两道细缝，两颗兔子门牙越发峥嵘地探出嘴皮，简直有种"舍我其谁"的傲娇气质。他一边笑一边摇摇头："我没想到你这么漂亮。这次媒人不靠谱，比你难看十倍的女人都没看上我，你怎么会将我瞧进眼里呢？"

林秀明白了，这位工作不错年龄也相当的伍科员，因为长得实在太"喜感"，相了一百次亲，挫败九十九次，好在还有百分之一的机会，这机会是林秀的"不拒绝"。回去的路上，堂嫂盘问了半天，林秀也没摇一下头，待跨进姑妈家，姑妈听说了整个相亲过程，又从儿媳的手机里调出伍科员的照片瞅了一眼，老太太忍不住哈哈乐起来："哎呀我的妈，怎么会有人把缺点都聚到一张脸上？"

堂嫂作为介绍人，这会儿又要替男方说句话："妈，其实吧，男人好看不好看还是其次，重要的是人好、顾家。我看伍科员挺不错的，头一次和秀儿妹见面，就把秀儿妹逗笑了呢。"

林秀从外面回来后的几个月，一直郁郁寡欢，姑妈看在眼里急在心头，此刻听了儿媳的话也备受鼓舞，当下思量：丑人多福，一个萝卜一个坑，说不定伍科员就是专门等着来照顾林秀的。林秀现在年轻，水色好，还有几分本钱，但过日子细水长流的，长相当不了饭吃，还是要踏踏实实、有依有靠才行。

婆媳俩迅速交换了一下眼神，站在统一战线上。林秀还是一副无所谓的样子，仿佛她要嫁给谁都没关系，她踩着高跟鞋一拐一拐地回到自己家，姑妈朝着她重心失衡的背影长长叹口气。

林秀刚回村时，有人在背后嚼舌根子，说她十七岁就跑出去，七年来杳无音信，天知道是在外面做了什么职业呢？闲话听得多了，姑妈饶是再心宽的人，内心也打小鼓，她悄悄观察林秀。听人说操持"那种职业"的女孩子走路时两条腿岔得很开，姑妈看林秀，倒像是怕踩死蚂蚁的样子，坐下来时规规矩矩，腿缝无隙，双手端端正正放在膝盖上，哪有那些乱嚼舌根的说的张狂模样？再说了，林秀的爸爸以前是中学校长，校长会调教出一个不顾廉耻的女儿吗？姑妈对闲言闲语生了气，越发相信自家的林秀清清白白、没做过半点亏心事。

伍科员是儿媳张罗着介绍的对象，儿媳有好几个客户都是粮食局的，向他们一打听，伍科员家里的"深层次情况"倒也一清二楚了。儿媳跑来汇报时，有些丢了三魂七魄的样子，姑妈听了之后，半天没说话。

伍科员不帅也罢了，毕竟男人再帅都不能当饭吃，可他家庭和容貌一样"处于劣势"，这便很好解释为何相亲屡屡不中了——综合评分，除了一份工作吸引人，别的全处于及格线之下。

伍科员父亲也是老师，伍科员丑是丑点，也算是书香门第出来的孩子。他刚考上大学时，父亲遇车祸死了，母亲为了供他念书，白天上班，晚上还去夜市摆地摊，操劳过度，忧思加身，在他还有几个月毕业时，累得一头栽倒在地，好歹救活一条命，但中风后连床都下不了。也就是说，伍科员的一份工资里头，还有赡养一个瘫掉的老娘的费用。

"这不是让秀儿跳火坑吗?"姑妈发了急。儿媳妇红头涨脸的,也是万分不好意思,弄不好,会被婆母误会是她这个当堂嫂出的昏招,故意塞这么一个不入流的男人给林秀呢。

婆媳俩左思右想,觉得这事不能瞒着林秀,毕竟谈恋爱的人是她,谁都不能替她拿主意。

林秀听完伍科员身后还有一个瘫痪老母的事,面无表情地"唔"了一声。

婆媳俩面面相觑,谁都不懂她这声"唔"到底是啥意思。

六

伍科员左手拉右手的指头，右手拉左手的指头，一张宽脸涨得通红。他不是故意想瞒着林秀，之前相那么多次亲都将女方"瞬间吓退"，除了容貌还有他"襟怀坦荡，实陈家况"的原因。

林秀和其他相亲对象不同，她惜字如金，由堂嫂陪着吃完一餐饭，几乎没有主动开口说一句话，对于他的"尊容"，除了对视第一眼时脸上笑纹浮动，后面也就波澜不惊了，好像第二眼就已经习惯了他的长相，不必大惊小怪。因为这份在平常女子中难见的平静，他对林秀产生了不该有的奢想。又因为林秀的美丽出乎意料，他们更不可能有下文，这奢想反而是"负负得正"地顺理成章了——让人拥有一个琉璃白日梦，也许日子会稍微好过一点。

林秀是特别的，最特别的是她得知伍科员有个瘫子娘后，主动电话约他见了面。伍科员扯着手指头，不知道她葫芦里卖的是什么药。

她开门见山地问："你想结婚吗？"伍科员的脸色红得浸血一般。她短促地笑了一下，说："我没意见的。"

他脑子"嗡"的一声响，不知道自己到底是被林秀这微风掠过一般的笑容给击倒，还是被她这句看似平淡却有千钧之重的"没意见"给击倒。

哪怕怀揣着一千一万个狐疑，他们还是像情侣一样开始交往了。伍科员不是个浪漫的人，此时也有了浪漫念头：是场梦也好，人活一辈子，横平竖直的实在太沉闷了。

一个周末的上午，伍科员和林秀坐班车去了市区，准备去最大的百货公司买新床单新枕头，这是为结婚作物质性准备了。姑妈觉得他们的恋爱进程实在是快了一点，别的女孩，倘若知道对方有个瘫妈妈的"减分项"，不知道要"拿"成什么样子呢。姑妈当然不知道，在林秀这儿，伍科员生病瘫卧的母亲反而是"加分项"，在她的无所谓中，这么一个可怜巴巴的老妇人倒是增大了天平另一端的砝码。她活该被惩罚、受苦役，将来成为一个瘫婆婆的儿媳妇，为老人端屎端尿，这不是坏事，这才是她该匹配的人生。"一帆风顺"是骗人的话语，她在"里面"七百多天，早就勘破了这个道理。

那位"故友"是在百货公司门口截住伍科员的。姑妈刚好打电话给林秀，她走到旁边去接，瞥见一个穿皮夹克的男人冲过来，伍科员甩了两下手，还是被来人抓紧了袖子。

"老伍，我给你打了很多电话，你都没接。"

"老伍，相信我，就这次了。"

"不然，借我一点烟钱吧，不，一顿饭的钱就好。"

伍科员和那个男人拉扯了一会儿，终究从皮夹里掏出两张钞票，像是带了很大的怒气般丢给男人。男人蹲下身,飞快地捡起钞票,低头向着来的方向疾走。

林秀怔怔地握着手机,望着男人背影问道"这是谁?"

伍科员有些羞赧和急躁,但还是如实告诉林秀,这个人以前是他家邻居,小学同班同学,后来他家搬走了。再后来?他但凡出现,目的就是借钱。一次又一次,这几年零零碎碎加起来,也借了好几千元,但从来没还过。

"他以前不是在北京学美术吗?"

"你认识他?"

"如果没认错,我见过他的。"

伍科员点头又摇头:"据我所知,他从来没去北京念过书。他从小就爱画画,上小学时就爱背着画板到处写生了。唉,说来也是画画害了他,听说他还曾以顾恺之自比,认为自己离出名就只差一个小小的机会……这几年,他将身边能借钱的人都借了一个遍,要不就说他要参加一个高规格画展,需要路费和参赛费,要不就说他的画被某某大咖看中，即将收入一个全球印发的画册，前提是他要包销一部分……"

"他叫雷听涛吧？"

伍科员眨巴了几下眼睛，现在他确信林秀是认识这位成天做白日梦的"画家"了。不过，这和他们有什么关系呢？这充其量只是周末一个不和谐的小音符，伍科员看在两人是发小的情面上，用几十元打发了雷听涛。现在他和林秀该结束这个不愉快的话题，进百货公司买东西了。

让伍科员吃惊的事发生了，林秀左脚往后退了半步，接下来是右脚，她柔软的身体，仿佛顷刻之间长出一层厚厚的铠甲，变得坚不可摧。

"秀儿，咋啦？"

林秀望着伍科员的脸笑。她笑起来流光溢彩，芬芳四溅。但她很少笑，像是吝啬于展示这项才能。两人"交往"的这段时间，眼看结婚就要提上日程了，他见过她笑脸的次数一只手都能数得过来。

林秀的微笑，让伍科员僵在原地。她的声音平平板板，却是一把残忍的小锥子直往人的心尖钻插："实在不好意思，我不能和你结婚了。"

一阵猛烈的大风袭来，铁皮广告牌被击打出了砰砰的声响。垃圾袋和宣传单打着旋儿，像是兀自长出了翅膀，被旋涡般的大风送上天，一时黄尘扑面，近在咫尺的人都看不清脸孔。

大风终于停息，伍科员呸呸两声，吐出了混着尘土的唾沫，他的眼珠从左转到右，又从右转到左，哪里都没有林秀。她离开了。

七

林秀不需要任何人理解她。姑妈受了伍科员的托付，打了几十通电话，林秀不接，也不拒接，手机便在她兜里一路震响。她不想让任何人的电话干扰她，她坚定地要找到想找的人。

她在寻找雷听涛的过程中，趁着伍科员不在家，去了一趟伍家，既为还钥匙，也想亲自对伍妈妈说一声对不起。

伍妈妈瘫在床上，两只手紧紧捧起林秀的手。从林秀进门开始，她的眼泪就没有停过，像谁在她脸上安了两只水龙头。

"伍妈妈,我今天来,是把钥匙还回来,放在饭桌上了。"

伍妈妈带着哭声,哀哀切切道:"我知道是我耽误了你们,谁也不愿照顾瘫在床上的病人。我咋不死,老天咋还不让我死啊?"

来伍家的路上,林秀已经叮嘱过自己,她的心要像铁石一样硬才可以,但伍妈妈的泪还是让她融化了。她试着往外挣了一下,伍妈妈冰凉而干瘦的手生出了一种执拗的脾气,反而将她抓握得更紧。她于是不再动,身子俯前一点道:"伍妈妈,不关您的事。我坦白告诉您吧,我不能嫁您儿子的原因在于,我要嫁雷听涛。"

"你说啥?你要嫁给他?"

伍妈妈瘫在床上十年了,但并不是与世隔绝,邻居雷听涛的事,她多少有些耳闻的。无论林秀和雷听涛之前有什么渊源,她要嫁给这样一个人,莫不是五迷三道、头脑发热吧?

她舔了舔开裂的嘴唇,努力想将劝慰的话说得漂亮一点、温和一点,但那些词句不听她的调遣,在胸腔里一翻滚，就像岩浆般往外奔涌，拦都拦不住："听涛小时候是个好孩子，如果他不是那么痴迷画画，也许现在还是个好孩子……他高考一心想考去北京，连考了三年都没上榜。后来他索性不考了，成天背着画板到处看、到处画。这孩子是着了魔了，他到底画成啥样，我也不懂，只是和他家还有联系的邻居说，前两年，他爹妈相继过世，他不知怎么将房子也卖了，抱着自己画作去参展，后来才知道遇到骗子，钱和画都没留下，还白挨了一顿打，叫花子一样回来的。你是好女子，你不嫁我儿子，是我伍家没福气，不敢拦着你，但你要嫁雷听涛，真的要慎重想想，再想想啊。这个人，不是良配，或者说得更极端一点，他和世上的大部分人其实是生活在平行世界的，但他的想法，我们不会懂，永远不会懂。"

伍妈妈剖开心，将她得知的"雷听涛"统统敞给林秀看了。瘫卧在床十年，不是哲学家也被逼成哲学家了，可惜伍妈妈不知道，她的精准描绘更加坚定了林秀的心：神啊，请让我也能去往雷听涛待的那个世界吧！

伍妈妈舍不得林秀，无论如何都舍不得。

自己严重中风初期，伍妈妈知道自己可能今后都下不了床时，她的内心像是遭到一块巨石猛击，血肉模糊，疼痛难抑。她躺在床上，看着天花板默默流泪，心里只有一个固执的念头：让我死吧，老天爷，求求你让我死吧。

那时儿子只差几个月就毕业，这是唯一让人感到欣慰的事，儿子跪在床前，嘶哑着喉咙对她说，如果她不活了，他也跟着她一起死，黄泉路上娘俩做个伴儿，谁也不孤单。为了儿子，她好歹挺了过来，这一挺，也就十年了。儿子是个孝子，他相那么多次亲，没人愿意嫁给他，他还是不愿意丢掉母亲这个包袱，反而安慰道：妈，别急，属于我的姻缘还在路上呢。

好歹等到了林秀，这个好女子第一次上门就帮着换床单、给病人擦身抹体，伍妈妈心里早就当林秀是儿媳妇了。如今竟横空杀出一个雷听涛，林秀铁了心要舍下自己儿子，去嫁那个不靠谱的男人。

眼泪也好，哀求也好，留不住一个女子选择的决绝。林秀离开后，伍妈妈扭过头，久久望着桌上银色的钥匙，尽量心平气和地告诉自己，这也是缘分，不能再怪林秀了，缘分让她逃不开，老天爷早就注定了有这一遭的，就只能祈愿她能扛得过。

雷听涛如今居无定所，虽说县城并不算大，但要从几万人中找出一个落魄的画家来，还是件有难度的事，不过再怎么难，总好过她十七岁时单枪匹马闯北京吧？

林秀永远记得，十七岁的她选了一个周日离开家乡。那个黄昏，晚霞隆重得像烧红了半边天空。已是人间四月天，桃树只剩零星的花瓣，在辉煌恣肆的晚霞映照下，愈发显得残缺凋败。枝上的桃花已经萎谢，而她心中的桃花才刚刚盛开。

后来有人好奇地打听过，林秀为什么要不辞而别？父亲待她向来如同掌上明珠，她虽成绩中等，高考并无十足胜算，至少能稳稳当当拿到高中文凭。就算想出去闯荡，那时也要好得多吧。

学校通知林校长，林秀没有按时来上学。他思忖再三，选择不报警。姑妈怪他狠心，一个大活人丢了，竟然若无其事。他嘴上不分辩，容貌却像一日之间老了十岁，眼角眉间，皱纹近乎粗蛮地生长出来，眼神空空的，却凝着一点亮光，这点光让他变得十足固执、不近人情："随她去吧。"林校长反而安慰为失踪一事操心的林秀的班主任，还有他的亲妹子。他这种不作为的态度快要把人家的心肝气爆了，警察甚至暗中调查了他几个月，以确定他是否暗杀女儿、毁尸灭迹。

林秀走得太过任性，不去管自己离开之后的一地鸡毛。从某种意义上说，父亲倒像是她的同盟军，虽然他们之前并未有过半分商量，她也确认自己从决定离开到最终动身的这段时间，从未流露异常行径。待她真的一走了之，父亲却有充分尊重她选择的云淡风轻。

林秀回想起来，从小到大，父亲一直是很尊重她的。她小时候喜欢喝汽水，喝下一瓶冰镇汽水时，父亲说不能喝了，再喝肚子会痛，但她扬起羊角辫翘着小嘴道："肚子痛也要喝！"父亲便帮她打开了第二瓶。当天晚上，林秀果真肚子绞疼，好像有人在肚里放了一艘船，翻江倒海而过，翻转跟斗，腾跃舞蹈，折腾到天亮才舒服了一些。

单独抚养林秀的十几年，父亲一直都有隐隐的担忧。这个女儿，有一天会不会也像"她"一样不告而别？如今女儿真的不管不顾地离他而去，痛是痛的，其中又有一丝不可对外人说道的释然。

他从未用一根绳索捆绑管教女儿，是否早就有"这一天"的预感呢？亲戚一味觉得他可怜，被妻女两次抛弃的男人，像是置身于时光的旷野之中，雪风猎猎地吹过来吹过去，他头发就被雪染了，没过两年，一口好牙，也只剩下七八颗。

八

好不容易在桥洞下找到雷听涛，林秀发现，他正在和一个疯子打架。

疯子推倒了他的画架，雷听涛喉咙里滚过一阵的怒骂，扑过去扯拉疯子的头发。疯子的头发脏成了一片一片的毛毡。林秀惊愕地看着雷听涛，要有怎样的毅力才能去抓握那么肮脏的头发呢？

那位疯子凭着本能的反应，反手抓住了雷听涛的头发。雷听涛还留着七年前的"艺术家发型"，稍长的头发窝在后颈，倒方便了疯子来撕扯。

林秀也打过架，女人打架的第一动作就是互扯头发，没想到现在连男人都受了同化，两个人四只手都在头上着力，亲密得像是一对连体婴。她捡起画板，瞅准机会，向疯子的腿弯扫去。疯子骤然受到攻击，而且还是一个陌生女人来打他，顿时嗷嗷怪叫两声，落荒而逃。

雷听涛没有感谢她，甚至责怪她擅自使用了自己的画板。从地上捡起散落的笔和纸时，他的鼻血滴在上面，像是盛开了一朵朵鲜艳的桃花。

"雷听涛，我费了很大的劲才找到你。

"你还认识我吗？你转过来看看我，我是林秀。七年前，你去过永安镇星光村吧？你推开了一扇院门，只因那个小院栽种了二十多株桃树，桃花开得繁盛欲燃，那是我的家。

"你仔细看看我吧，那天你还画了一幅画，画中有我在桃树下睡觉的模样。

"爸爸邀请你留下吃饭，你喝醉了，就在我家睡了一晚，早上我端饭给你，你对我说了一句话。这些你都记得吗？"

他终于注视她了。他两只鼻孔里塞有搓细的卫生纸，脸灰扑扑的，像是一头长着白牙的大象，目光也是大象的稚拙和淡漠。他却觉得那上上下下的打量像是一把尖刀，一寸一寸地剜着她的肌肤，让她感到格外的疼痛。

终于，他收回视线，哼了一声，扯出两根带血的纸棍儿丢在地上，面无表情道："你少说两句吧——吵得我脑壳疼。你有钱吗？我昨天和今天还没吃过饭，我们去吃饭吧。"

雷听涛吃第一碗牛肉面时，快得让人怀疑自己的眼睛，切得四四方方的牛肉块也好，银丝般的面条也好，他的喉咙像是一个漏斗，呼啦啦倒进去，连个回声都没有。

吃第二碗时，林秀好歹看清了他狼吞虎咽的样子。他的嘴巴像是阔大无比，那么大一筷子的面条塞进去也有容身之所，腮帮子鼓凸凸的，眼珠子跟着鼓起来，闪烁着两朵贼亮的光，但很快就熄灭了——因为第一口下肚，紧接着是第二口。他不给自己喘息的时间，那两点光便明明灭灭生生死死的。直到他吃完第六碗，松了一下裤腰带，随即释放出一个惊天动地的响屁，眼神才恢复成无所谓的样子。

"你来找我做什么呢？"雷听涛一开口，又打出一个奇臭无比的嗝来。现在，这个不修边幅臭不可闻的男人坐在这里，长着和七年前的雷听涛一模一样的脸，却像被谁偷换了一个灵魂。

"七年前，你走进了一个开满桃花的院子。你还画了一幅画，画上……"

"这些你都说过了。"

她张开嘴，想说的话却像云雾一样随风飘散了，又像是被气流打落的枯叶，依稀留下一点唇边的影子。

雷听涛舒舒服服地往椅背上一靠。他吃得太饱了，甚至有了一点酒醉微醺的感觉，恨不得现在能就地躺下，随着鼾声坠入黑甜的梦乡。不过，在弄清来人目的之前，他就算再困也要强撑双眼，绝不能睡着。

"我……我十七岁时，你送过一幅画给我，那是我这辈子见过的最好的画。因为它，我发誓要找到你。"

往事开始藤蔓一般爬上来，在心中纵横交错，它们叫着嚷着、挤着闹着，胡乱向上攀爬。它们才不管当事人是否会因此而羞愧汗颜，无地自容，嚣吼着要讲出来。"我为了你，七年前就一个人去了北京，大海捞针一样找啊找。你现在问'为什么'，他妈的我花了七年时间都没弄清这是为了什么！"

"你去过北京？你真的去过北京？"林秀反反复复和雷听涛说桃花，说他亲手描绘的那幅画，收到的却是一团缥缈的空气，一个"北京"让他的眼珠子瞬间变得明亮无比，他牢牢盯住她，仿佛此时此刻，她就是"北京"，"北京"就是她。

她看了他一眼，没有了刚见他的那份惊喜，有气无力地点了点头。

北京。从县城坐车去省城，再从省城前往北京，如果足够有钱就买机票，如果没钱就乘火车。七年前，林秀乘坐的是硬座车厢的站票，她站了二十多个钟头才到北京。雷听涛会对这些感兴趣吗？看来他是真的忘了。那个春天的清晨，他从宿醉中醒来、头痛欲裂的清晨，从少女林秀手里接过粥碗时，他对她说了一句话。

对于林秀而言，那是至关重要的一句话，但对雷听涛而言，却早早有一块巨大的橡皮，三抹两擦，将珍宝般的记忆统统拭去。

那天早上，雷听涛对林秀说："不知道为什么，我觉得你不是属于这个地方的人——越看越有这种感觉。"

二十多天后，林秀下定最后的决心，将书包里的书本倒空，在里面装了几件换洗衣服、攒下来的压岁钱，还有一张过塑的素描画。她向藤椅上的父亲挥挥手，父亲含笑点点头，他们都不知道，这是父女俩的最后一次见面。

她跨出院门时，回头望了一眼，晚霞点燃了天空，噼噼剥剥的红，像红色糖汁一般流淌，房顶如同庙宇一般庄严，这个想象让林秀的心打了个寒战。但她很快就丢掉不切实际的想法，脚尖交替踢着一枚小石子，向着远方的北京而去。

她一边踢石子，一边愉快地想：我不是属于这个地方的人，哦，我不属于。

九

伍科员原以为，林秀是开玩笑，就算不要自己，她也不至于去找雷听涛那样一个人——难道她没听旁人的议论吗？雷听涛已经走火入魔了，也许他有那么一点艺术天赋，但这稀薄的一丁点不足以支撑漫漫人生路。他如今已三十多岁，一事无成，没有一份安稳的工作，甚至连栖居的小房子都被他贱价卖掉了，连个遮风避雨的屋檐都没有，林秀为什么还要一门心思嫁给他？

林秀望着雷听涛的这位曾经的发小和朋友，脸上一直挂着淡淡的笑。这笑像是刻在她脸上了，硬是要撕，撕下一层脸皮，下面的脸皮依旧笑着，再撕，还是笑，浸到骨头缝里的笑。短暂的交往中，伍科员唯恐自己做得不好、做得不够，林秀能赏半个笑脸的日子，便是他的晴天丽日。如今，她不停不歇地笑着，又令他心生恐慌，劝慰的声音也不那么理直气壮。

"你看过雷听涛的画吗？"林秀从自己的布包里小心翼翼捧出一本杂志，杂志中夹着一张画。七年前的这幅素描，就算过了塑，到底是旧了，塑料壳子的四角弯卷，像一个人留长的指甲，长着长着就卷起来，邋遢不堪。

伍科员像是被一种奇异的仪式感攫住身心，他轻轻接过画来。不过是一树桃花，一个少女。无所谓好与不好，到了春天，到处都是这样的桃花，兴高采烈地开放，把自己的心呕出来也无妨。古往今来，树下也不缺酣眠的少女。她们是春天敏感的使者，一朵花一片叶都可能让她们沉醉其中，不知魏晋。

他看画的时间着实太长了一点，林秀劈手拿了过去。她脸上的肌肉仍然笑着，但眼神的热度已经渐渐冷去，从三伏到数九，就在一秒之间，像是一块浮冰荡漾在眼里，声音变得干巴巴的："你看不出这张画的好，是吧？"

"不是说画不好，只是……"

她一挥手，打断了他的话。没关系，全世界的人都不了解，又有什么关系？这是属于林秀一个人的画，一个人十七岁的画。

他看着对面的女人，像是看一堵铜墙铁壁，她不留下任何缝隙，所有的劝阻都充耳不闻。他知道，这个近在咫尺的女人，其实已与他远隔天涯了。如果林秀要因为一张画而否定他，选择雷听涛而不选他，他有什么办法呢？毕竟，他连这一点点天赋都不具备，压根儿也画不出这样的画来。瞧她的神情，打住吧，在她眼看就要变得不耐烦、变得厌憎之前打住吧，不是为自己保留一点可怜的体面，而是在她心中抢占一点可怜的位置，哪怕是微不足道的位置呢。

"以后，我认你当个妹妹吧。有什么要帮忙的，尽管来找我。"顿了顿，伍科员又说："我叫伍孝文，想我们都谈婚论嫁了，好像你还一次都没叫过我的名字呢……"

林秀还是纹丝不动的样子，内里却像结冰的河面裂了一道小纹。如果雷听涛不出现，她也许会循着既有的轨道嫁给伍科员，不，是伍孝文，他永远都不会知道，他的瘫娘才是当时让林秀转念回头的重要因素。他们短短相处的这段时间，林秀拿着伍家的钥匙，一有空就去给伍妈妈按摩，扶她起来梳头、剪指甲，甚至还为她做过两次滋养面膜。与伍孝文的姻缘尽于此处，她最大的遗憾是今后不能见到伍妈妈了。如今，一个"兄妹"的称谓又能让她获得几分哪怕虚设的心安，她感谢伍孝文临别时的暖意，点头道："好，以后你就是我的大哥。"

他和她分手后，走到街角，仰起脸来，强烈的太阳光扎着他的眼，他自虐一般去承受。好了，从此她是他的妹子，即使是没有血缘关系的妹子，他也要竭尽全力地远远保护她、看顾她。他想了想，决定与雷听涛见一面。

雷听涛换了个桥洞住。他一听伍孝文提起林秀的名字,脸就拉长了,"哎呀"连天道:"不知哪里冒出来的花痴!哭着喊着要嫁给我!老伍你说,像我这样的艺术家,能随随便便被一个女人捆住吗?"

"她不是随便的女人。"

雷听涛瞅一眼伍孝文的脸色,阴阳怪气地嗤笑一声,从口袋里掏出两只烟屁股,比较了一下,将较长的那根夹在嘴唇之间,短的依旧放回口袋。这副做派令伍孝文没来由地恶心,不知烟头曾经在谁的嘴巴里咬过,留下过谁的唾沫,他又是从什么地方捡起来,如获至宝地放在身上,烟瘾来了便点上一截。

"我知道了,你喜欢她?这人感觉脑袋不太正常。老伍,你看女人的眼光真是不咋的。"

伍孝文的拳头捏紧,汗水从掌心渗出来时是滚热的,倏忽就变得凉湿,黏黏地贴着皮肤,像小时候下田捉过的青蛙。他忍着怒气,拳头没有打向雷听涛。

"如果你想好了和林秀在一起,请一定善待她,不要伤害她。"伍孝文自个都觉得这番话说得无比轻飘乏力，林秀又不是一件东西，可以容他们让来让去吗？雷听涛这样子倒像是很有骨气，还能站在一个高地去轻蔑嗤笑对方。

伍孝文的兔牙紧紧咬着下唇，他现在真心希望雷听涛的骨气能撑到底，林秀无论当谁的妻子，都好过嫁给一个疯疯魔魔的画家吧？

"喂，老伍，你怎么走了？借给我一点钱好吗？很快就能还你，我和省城一个画廊都已经谈好了，他们拿走我几幅画去试试，如果三个月内能卖出去，以后我就能和他们签约，之前欠你的钱都能还给你。"雷听涛截到伍孝文前头，倒退着走路，一句赶一句说得很快，生怕慢下来自己都不会相信——他也能交好运气？也配交好运气？

伍孝文想起了林秀，想起她认定的雷听涛。他掏出皮夹，鼓鼓的，装着两千元，刚从银行取出来的钱，仿佛还带着一点热气。伍孝文郑重其事地将一沓钞票搁到雷听涛手里。

雷听涛后退一步，看看钱又看看伍孝文的脸，带着一种不敢相信的神情,歪着头,不无讨好地偷偷打量对方。伍孝文将视线别向河床,水声哗哗,河面却如同一条灰暗的带子,并不能为伍孝文此刻的心情增添些激昂的鼓点。

他想要再叮嘱雷听涛几句,又觉出自己的言语无用,只是拍了拍对方肩头。雷听涛将钞票紧紧抓在手里:"老伍,你真够意思!以后我成名了,一定送你一幅最漂亮的画!"

十

有了钱的雷听涛立即联系画廊:"一定要把我的画挂出来,挂在最显眼的地方,定金马上打过来。我相信这世上肯定是有伯乐的!"他没告诉伍孝文,画廊是答应"代售"他的画作,但前提是他要付一点"租金",毕竟占用了人家的墙壁。这是他软磨硬泡的结果。这些年,他一直努力往"圈儿"里挤,他坚信只要自己足够努力,总有一天会像钉子一般"打入他们内部",成为星光熠熠的"自己人"。到了那一天,前面所有积攒的辛苦和煎熬都不算什么,成功的盛大喜悦足以一笔勾销以往的不堪。

作为提前庆祝，雷听涛要了一斤饺子、一瓶二锅头。饺子好啊，集主食和菜为一身，朴实无华，扎实顶饿。酒就更好了，"饺子就酒，越喝越有"。

他喝得双眼迷迷瞪瞪，感觉四肢轻盈如水母一般四下游展时，一个年轻女人一屁股坐到他的面前。他掀起眼皮，这女人自来熟地拿过一个空杯，斟满酒液，举起又搁低，和她手边的酒杯轻轻一撞，清冽的酒香溢出杯沿。他身子软绵绵的，想恶声恶气一点，鼻子却像不透气似的嗡嗡回响："干啥？这是我的酒。"

"我的酒。"林秀像是渴坏了，一口就咽下半杯，53度的酒液下肚，她雪白的肌肤迅速蔓延起桃花的颜色，脖子也像粉云一般。"我刚帮你结了账，咱们接着喝。"

雷听涛把酒杯使劲一顿，林秀的话坏了他的兴致，现在酒和饺子都不香了。他冷着一张脸，双手撑着桌沿站起来，看都不看她一眼，端着肩膀气鼓鼓地往街上走。

走了一段路程，雷听涛看到地上两道胡乱交叠的影子，心中怒火更盛，他转过头，冲林秀低吼："你有完没完？"

林秀跨前一步，与他并肩，大声道："如果你给我一点时间，你会爱上我，并且和我结婚的。"

"做梦！"雷听涛推了一把林秀的肩窝。他喝多了，内心想着要猛力推搡，手掌软绵无力，倒更像调情的动作，说不出的亲狎暧昧。

她扶住了摇摇晃晃的他："你醉了，跟我回去吧。"

"放开我！你要把我带到哪里去？"

路上有的行人停下，好奇地打量他们。耍酒疯的男子和苦苦相劝的女子，行人看来，不过是俗滥的剧情，但因这位年轻貌美的女子，不由得多瞅几眼。

"我只有一个要求，如果你听完我的故事，依旧不愿意和我在一起，我会从你眼前永远消失，不会再来烦你。"

雷听涛指尖重重揉了揉太阳穴，那里突突跳荡不休。

好吧，就算林秀是个疯婆子，他也只需要花一段时间听听疯婆子的呓语。对一个时间多得心烦的人，这算不上什么过分的要求吧？

林秀的第一句话就让他吓了一大跳："我要和你结婚的重要原因，是我曾经坐过两年牢。"

雷听涛的酒醒了大半。他活到三十多，还没听过如此彪悍的表白。一个刑满出狱的女人，花痴一般抓牢了他，前女囚的身份倒成为她炫耀的资本似的。看来他之前是小看林秀了，谁知道这种进过监狱的人会不会有反社会人格，她还有啥干不出来的呢？

他的神情瞬间规矩收敛。林秀瞥了他一眼，带着一点胜利的傲慢，替他做了主："走吧，我这两天住在酒店里，反正那么大的房间，一个人是住，两个人也是住。"

天底下的酒店房间各有不同，但总归有一点相似：都是"客居"，混杂了过往无数人的"人味儿"，气息相绞相缠。明明是两个人坐下说话，他们身后却像林立着一片人墙，那些透明的影子悬浮半空，支棱起耳朵来等着偷听秘密。

"七年前，我一个人去了北京。你不是说自己是在北京学美术的学生吗。我就想啊，我必须抓紧，还有几个月你就该毕业了，我唯一的线索也丢了，怎么找你呢？中央美术学院、清华大学、中央戏剧学院、中国戏曲学院……我买了一张北京地图，只要打听到哪所大学开设了美术专业，我就赶过去，想从大四学美术的学生中，找出一个雷听涛来。"

她的双眼灼灼，亮得吓人。酒店房间的灯全打开了，包括洗手间的吸顶灯。可满屋的灯光都抵不过林秀眼睛的明亮，这是一种月光洒在冰雪之上的亮，冷得噬骨，纯粹无比。她的声音毫无起伏，这段颠沛流离的寻人之旅，想必不会像她几句带过的话那么云淡风轻，受了伤流了血，伤口也曾有脓液和腐肉，好歹日子一天一天过去，一层又一层风蚀和蚕剥着，只剩下森森白骨。如今，雷听涛耳中听到的是简单的词句，眼前所见却是凛然白骨，在遥远岁月的那一头，凛冽地闪着微光。

他的心往下沉，一直沉，不见底。他哪里知道，自己随口编造的一个谎言，会引发少女的离家出走呢？她找他？找他做什么？这段时间以来，她举着一张过塑的画，硬逼着他看了又看，仿佛这是"呈堂证供"，不容他半点抵赖。是他画的吗？也许是。不过一张随手绘成的素描而已，是不是他的"真迹"又有什么关系？她这样穷追不舍，一开始他还暗中得意，视她为自己"忠粉"一类的人，因为艺术而执迷。可分明又不是这回事，当她缓缓说出她去北京所有开设了美术专业的院校找寻一个叫雷听涛的学生时，他额上开始渗出细密的汗珠。

雷听涛考了好几年，都没能获得一张京城高校的录取通知书。身边的人都知道，他挂在嘴边的"北京"更像一个叹词，而非名词，大家都很宽容他一次次说起"北京"，为什么在林秀家只提过一次，却能成为扭转她命运之轮的巨力呢？

十一

林秀显然不愿追究雷听涛的"责任"。的确,人家有什么责任呢?一个谎言摆在那儿,谁都不当真,怎么林秀就视为金科玉律?而且还巴巴地跑过去找他。记忆浓雾弥漫,雷听涛小心翼翼地发问:"你说我在你家吃过饭,还醉了酒,我当年,是不是对你说了什么挑逗的话?"

林秀摇摇头。

雷听涛吁出一口气:"我真的没说喜欢你,让你来北京找我之类的话?"

林秀嗤笑一声:"没有,统统没有。"但她不打算轻易放过他，待他神色稍稍轻松一点，眯着眼睛道："可你砸开了一道缝。"

"缝？"

"打个不贴切的比喻吧：在认识你以前，我被爸爸保护得很好，就像在一只蛋壳里沉睡的雏鸡，并不急着要钻出来，但你很肯定地告诉我，说我不属于那个地方，我听到了蛋壳开裂的声响，谁也抵不住裂纹逐渐加深加宽，心跳得越来越急促，远方在召唤我，这是一种很强大的力量。"

他上上下下打量她，像是打量一个外星人。一句话？如果这么普普通通的一句话都能被她诳上，那他真是白吃三十多年米饭了！

她并不理会他唇角忽然浮起的冷笑，还是用毫无平仄起伏的声音慢慢讲下去：

"到北京时，我带了一点钱，是这些年来爸爸、姑妈还有别的亲戚给的压岁钱，一直攒着没有花，在家乡时觉得是很大的一笔钱，到了北京才知道它连一粒沙都算不上。我住的是地下室，而且是地下三层，下了一层还有一层，再往下走，才到我住的房间。每天从洒满阳光的地面往下走,感觉自己变成了一道鬼魂,一步一步钻往地心,深深走向更为阴暗潮湿之地。真是潮啊,将枕巾翻起来,原先白色的枕头上布满了大大小小的霉斑,被子湿得能拧出水来,床脚顽强地长出几朵蘑菇,像一种毒草,虎视眈眈地与人对视。我住了那么久,竟然一直鼓不起勇气拔掉它们。"

他倒吸了一口冷气。卖掉房子后,他桥洞住过,大街也睡过,知道肉身的委屈和苦楚,但他始终有一个画家梦支撑着,有梦和无梦绝对是两种概念,不管过得再艰难,他都能让精神攀爬到一个高地,俯视追求安逸的肉身,厉声谴责,讥讽嘲笑。十七岁的林秀像苦行僧一般赖在北京生活,如果她说的都是真的,像鬼魂一般住在地下室里,只是为了能找到他,支撑她坚持下来的到底是什么?

不容雷听涛思索,林秀咕噜咕噜一口喝了半瓶矿泉水,接着讲道:"就算省吃俭用,那一点点钱像是握在手里的沙,一点都不经花。再说我找了两个月,各个学校的大四学生都要离校毕业了。他们在学校附近的苍蝇馆子里一次又一次地聚餐，啤的上了一件又一件，不过瘾，后来喝上白的，喝着喝着就有男生滑到桌子底下，他就偎着桌腿熟睡，亮晶晶的口涎扯得老长，长一声短一声地打呼噜，一点都不妨碍其他同学继续喝酒。他们的眼泪落进酒盅，还有那些滚烫的话语，诉说四年同窗情谊，谈论未来的向往。你问我怎么知道的这样清楚？因为我当时就在苍蝇馆子里当服务员。我特意在美院外面上班，就是想着：老天会不会厚待我，有一天忽然将你送到我面前来？你也要毕业离校，也会和同学哭哭笑笑地聚餐吧？既然我遍寻不着，那就守株待兔。其实我也不知道守的'株'是不是有兔子曾经撞上过。随着时间推移，这些都变得不那么重要了，我还留在北京继续找你。或者说，等待老天爷赐给我足够的考验后，终究大发善心，将你送到我面前来。这个才是更加重要的事吧？"

雷听涛感到一种奇异的痒，从嗓子眼一直痒到心底，仿佛有一支羽毛探进五脏六腑，轻轻触碰，带起了一片战栗，布满了小小的红色的疙瘩。

别说在北京读书了，活到现在，他还没去过北京。他去得最远的地方是省城，省城画廊的人告诉他，如果他的画挂在画廊待售，也许下一步就会被别具慧眼的伯乐看中，他不但能去北京参展，还能走出国门，扬名海外。

北京是雷听涛摩拳擦掌的下一站，他压抑自己不去北京，是想让他的画能先过去，换句话说，名声先传到那里，他再跟着过去。这个疯疯癫癫的林秀，她在十七岁时竟已凭着一腔孤勇去了那里，她凭什么？

她还嫌自己给人家制造的痛楚不够，加大火力："我等了一年又一年，只要有空余时间，就去美术馆到处看展，798艺术村也去过好多次，到处打听你。有个大胡子画家问我，'小妹子，这是你男人吗？'我想想，如果和你无亲无故的，这样上天入地地找你，反而惹人怀疑，于是点点头。说来也怪，从那时候起，你仿佛真成了我的男人，我只是找不到你，不小心将你迷失在茫茫人海而已。你是存在的，这份情感也是明明白白真真切切存在的。"

越来越恐怖了,这些鬼扯的话,一个疯婆子一厢情愿将他视为自个的男人,难道他从此就像蜗牛背上这个重重的壳,再也卸不下来了吗?

这样的荒唐透顶,他却被勾起了奇怪的好奇心,脸上流露出认真聆听的神情。她满意地看了他一眼,仿佛他们的谈话现在才刚刚步入佳境。

十二

"我在北京换了很多份工作。在大城市混着才明白,仅仅是应付生存,已经足够让人手忙脚乱了。在那儿的最后一份工作,朋友介绍我去做'啤酒小姐'。我俩合租了一间房,她男朋友过来时,我们就把两张并拢的单人床挪开,中间拉一条布帘子。说真的,这其实是我做过较为满意的工作了,黄昏才上班,收入很不错,白天有大把时间去逛大大小小的美术展。只是有一点不好,我卖啤酒而已,老有人觉得我们'啤酒小姐'连身体一起打包出卖了,说话轻浮下流的有,动手动脚不规不矩的也有。不过你相信我，我把底线守得很死，很死，像死结一样死。怎么，你是不是不相信我？"

林秀双目灼灼地望向雷听涛，他眨了两下眼，像是受牵引的木偶，终究重重地点了点脑袋。

她对他的反应颇为满意，声调也愈加轻快雀跃，像是在表露一件尘封的丰功伟绩："你看我长得还不算丑吧？那几年，明明暗暗要追我的男人一直都有的，特别是转做啤酒推销，遇到的追求花样，真是数不胜数。曾经有个男人'啪'一声，在我面前拍了书本厚一沓钞票，至少一万元吧。他说美女，我买一件酒，剩下的都是你的小费了，今晚，我等你下班一起消夜吧。你猜我是怎么做的？"

雷听涛猜不出，还是傻乎乎地眨眼睛。她脸上溢出了小女孩的甜蜜："我呀，从那一沓钱里数出了一件啤酒的数额，对他鞠了个躬，真诚地说声'谢谢老板照顾'。我他妈咋会陪他吃消夜呢，我还等着见你呢。见到你，我要将完完整整的自己，清清白白地送到你面前。"

林秀微微扬了扬下巴，这个小动作暴露出了她骨子里埋藏的风情。雷听涛的心咚咚跳起来，像是乱了节拍的圆鼓，面皮也潮热起来，身为男人的本能，正在不怀好意地蠢蠢欲动。

她无师自通地察觉到了他变粗的气息、发直的眼神。她索性递了个媚眼给他。现在他相信她在北京当过"啤酒小姐"了，就凭这记媚眼，不知多少男人要拜倒在她的石榴裙下。她忽然嘿嘿一声，倏忽变脸，表情忠贞坚固，简直像墓碑的青石一般："躲得了初一躲不了十五。我不是告诉你，我和一个朋友合租一间房吗？有天晚上，她男朋友又来找她。下班后我们一起吃火锅，喝了酒，聊得很高兴。没想到，那个男人是禽兽，起了色念，他半夜撩起布帘扑到我床上。他不知道，我在北京搬过很多次家，不管搬到哪里，枕头下面一定会压一把小小的美工刀。就是那种刀刃锋利的美工刀，切开皮肉像是一刀扎进汁液丰富的水果，就像……切到芒果或橙子里，阻力微乎其微，刀刃切得爽滑利落。你知道那一刀扎在哪里吗？那个畜生的脸上。以后，他再也不能凭着那张脸蛋儿勾引女人了。作为代价，我坐了两年牢。"

雷听涛瞪大了眼珠，直觉告诉他，她没有开玩笑。

现在的她已经走过来了，步态轻盈，像是在水面滑行。她岔开双腿，像一个人架子，横在他的膝盖上方，双臂环住他脖子，离他的皮肉却有两厘米。她做足了勾引的姿势，却又不敢和他肌肤相接，这让他差点落下泪来。她的身体语言告诉他，她压根不知道怎么拥抱一个男人，她的所有虚张声势都出自陌生而笨拙的想象。

他十几岁时已经能靠天赋画出"蛮像那么一回事"的画，也因为这个吸引过一些女人。他曾经的一个相好年长他二十岁，算是母子恋了。来来往往这么多女人，回想起来，却只有这个"成熟女人"给他留下了深刻印象。他也暗自猜测，自己这方面是不太正常的，少女的美于他而言只是一种布景的存在，少妇的美才让他身心安然。

这个女人，这个疯婆子，却奇怪地拨动了他的心弦。她拿着他亲手画的"少女春睡图"找过来，如果她是当年那个稚气青涩的少女，他的身体不会对她有反应，可她毕竟经历了七年，穿过雾茫茫的时光，跋山涉水，甚至尝过牢狱之苦，当她走到他面前时，一个被岁月摧残的处女竟比他曾欢好的妇人更加气息馥郁。

林秀还等着，极有耐心地等着。如果此时有第三个人走进房间，会看到林秀像扎马步一般，不碰不触男人的肌肤，期待与举止背道而驰。

剩下的事只能由雷听涛来完成。他的身体已经是一把绷得太紧的弓弦，一触即发。

林秀被压在他身下，脸上带着烈士就义的表情。他怔了一下，仿佛自己在犯一个很大的错误，大到没人能预知代价。林秀不容他多想，执拗地抱紧他手臂，将他紧紧拉向自己，恨不得从头到脚浑身上下，每寸肌肤都和他相贴相依。她不得章法的急切与慌乱让他差点落下泪来，现在就算是真想要做一做正人君子都不能了。咬咬牙，雷听涛"啪"地按熄了房间的开关。

让他吃惊的是，两具汗津津的身体刚刚分开，她第一件事便是跳到床下，开灯和掀被子仿佛是左手与右手同时进行的事。在明晃晃的灯光下，他赤身裸体地躺在床单上，被白亮的灯光搞蒙了，愤怒和羞耻的情绪倒是缓慢而来。

"你看，我没有骗你吧？"林秀指着床单上星星点点的红，像是一个小孩子向人炫耀她举世无双的宝贝。可不是宝贝吗，她为了守住这份清白毁了一个色鬼的容，她也成了阶下之囚。

林秀扑过来，投入他的怀里，肌肤冰凉滑腻得像一条冷水里的鱼。"我们结婚吧，没有人比我更懂得你，你比谁都画得好。以后你就只管好好画画，我来照顾你的一切，好不好？"

后来的后来，雷听涛想，他其实是可以拒绝的，这是什么时代了，睡了一个女人就必须娶她吗？未必吧。但他懒得去逃了，在他不知道的七年光阴里，他的存在像是一面虚渺的旗帜，指引她跌跌撞撞地找了七年、等了七年。他若是猎物，也是心甘情愿被猎人捕获的，如果逃遁是残忍，不如从此将捆绑视为生死的陪伴。

雷听涛点了头，林秀用双臂紧紧抱住他，一浪浪的热气呼进他耳洞："跟我回星光村吧。到了春天，那儿会有满树盛开的桃花，只要看到它们，我敢肯定，你的艺术灵感会被激发，你会画出最伟大的画作！"

"跟着你去村里住？"雷听涛像是从一个酣梦中苏醒，之前的懒怠和疲软一扫而空。不不不，他皱紧眉头使劲摆了摆头："我要去省城。现在画廊愿意展出我的画了，下一步，画作还能去北京、去海外。我怎么能跟着你到乡下隐居呢？"

"好，好。"林秀用哄孩子的口吻哄着怀里的男人："反正从今天起，咱俩就算结婚了，以后你去哪里，我就跟到哪里。等明年桃花盛开时，说不定你希望去乡下，咱们再去也不迟。"

十三

姑妈听村里人说,她不省心的侄女又回来了。姑妈不相信,林秀?怎么可能是林秀呢。姑妈搔了搔鬓边的白发。

"哎呀,真的,难不成我还吃饱了撑的,编个谎来专门骗您老人家不成?"报信的人急起来,索性两手一摊:"要是您实在不相信,去看一眼不就行了吗?"

姑妈坐在门槛上,来人离去的背影越来越小。抬头看天,天上的那片云,低沉沉地压在头顶。脚边的土地里,虫子弓着身子钻来钻去。春天到了,虫豸活了,人心也跟着浮浮荡荡。姑妈活到这年纪,已经不太喜欢春天。春天像是一只不听话的小手,恶作剧般伸进人的腋窝里挠痒痒,将人的心思搅得凌乱。

而林秀却感谢春天。春风一年又一年的到来,若不是它的功劳,怎么会催开一树一树的桃花呢?有一株树,十三年前,林秀曾在树下背英语单词。午后的春风温润而馨香,像一只催人入眠的手。她不知道自己是什么时候睡着的,更不知道有人轻轻推开门,用一张白纸、一支铅笔将她魂魄的一部分留下来,永远留下来。现在,林秀坐在父亲生前坐的藤椅上,眯着眼细细打量这棵桃树,与它的兄弟姊妹相比,树上的花格外大也格外艳,简直像鹤立鸡群一般,从树根到树梢都写着娇俏无边的风情。

姑妈推开门,对着林秀喊了一声"死丫头",皱纹耷拉的眼皮便再也包不住泪水,泪水像盛夏的雨点一般,顺着脸上的沟壑滑落,在双下巴处坠成一大粒闪闪的光珠。

"姑妈,不哭。"林秀头发上别着一朵小白花,臂上戴着黑纱,她伸手去帮姑妈擦眼泪。姑妈拉住她的手,摸了摸黑纱,痛心地说:"那时让你多想想、多想想,伍科员虽然长得寒碜点,家里又瘫着个老娘,条件算不上好,但和你自个选的男人相比,又算得上不错了。唉,事到如今,说这些也没用了,不说了,咱不说了。这几年,你这死女子也不回来一趟,在外面吃了不少苦头吧?"

林秀微笑着不说话,苦吗?当一个画家的女人,她早就做好了吃苦的心理准备。在北京寻人的那几年,她结识过一些画家,他们常常没钱吃饭,为了向人借点钱,什么尊严什么面子统统可以踩在脚下,就算让他们跪下来喊祖宗,他们大概都愿意。六年前,林秀找到雷听涛后,她发誓不让他吃这样的苦。

为了赚钱,林秀很长一段时间里,她白天帮人卖衣服,晚上用QQ"钓鱼"。

但雷听涛的画,还是一幅都没有卖出去。画廊老板私下见过林秀,他劝她,要不就离开这个男人,要不就劝劝他去做另一行,画画并不适合他。

林秀撑起身子，看了画廊老板一会儿，她的回答出乎人家的意料："从下个月开始，我们再多给一倍的钱，请你把听涛的画挂在更显眼的地方。"画廊老板的专业劝告，她充耳不闻，但她怕画廊老板免了她的钱，从此更不愿接受雷听涛的画作了——这几年，他残存的一点灵气也在飞速消磨，就像有张无形的大嘴吮吸着他可怜的能力。所有人都看出来了。

林秀知道画廊的人背后叫她什么，"画家的女人"。她喜欢这个绰号，如果她的一生注定平淡无奇，还好有雷听涛，他挖掘了她不为人知的美，还有和命运抗衡的勇气。

雷听涛生病后一直瞒着林秀。不过就算林秀知道他病得厉害，也并未将他塞到医院里。她宠着他，依着他，他想画，她就坐在他身后，像个人架子一般将他架起来，甚至握着他发抖的手，一笔一笔地在画布上涂抹。说不清是谁在画，他们活成了一对红尘的连体婴。雷听涛弥留之际，他的眼睛已经看不见了，摸索着握紧林秀的手，哆哆嗦嗦地说爱她，从没像现在这样爱她。

他向她道歉，因为之前没有深邃而用力爱过，她的寂寞和受苦，都该由他来买单。她像抱孩子一样，抱着他只剩一把骨头的身体，长长久久地微笑着，在他耳边说，能陪他走这六年，只剩一桩遗憾，他们还没一起回过桃花盛开的小院呢。她始终相信，他如果能旧地重游，一定会画出惊世之作。

雷听涛胸腔里杂沓的声响起起伏伏，他说，好的，等我好一点，我们一起去……

他也不算欺骗她。如今，他的骨灰盒就埋在院里一株桃树下，桃花开得繁盛如云，娇艳欲燃。

姑妈见到林秀，呜呜大哭一场，回家找儿媳妇一商量，生出别样的心思来。儿媳妇早就不卖手机了，现在县城卖保健品，认识的人"格局更高一层楼"，耳里听到的信息自然也就更多。县城有多大呢，区区一个伍孝文不难打听。打听到的结果令婆媳俩倍感鼓舞：昔日的伍科员如今已是伍科长，听说已经进入"干部考察行列"，如无意外，半年后便是"伍副局长"；他瘫卧在床的母亲一年前已经去世了；最让人感慨的是，他直到现在还保持单身。

舒展满脸皱纹的姑妈，连说十几声阿弥陀佛。这可不是吗，林秀兜兜转转，如今是寡妇还乡，而昔日对她情深义重的伍孝文，如今升职、丧母、单身。姑妈难免带着一点卑鄙的想象，觉得这才是老天慈悲的安排，他们就该是天造地设的一对，曾经被分开过，如今又能"破镜重圆"。

最让姑妈欣喜的是，她差儿媳妇跑去和伍孝文说了这事，伍孝文竟然也有这个意思。姑妈情不自禁拍了一下掌，眼角眉梢爬满了笑意。

姑妈推门进院。林秀坐在树下，她专注的神情几乎和亡故的父亲一模一样，这让姑妈忍不住打了个寒噤。

姑妈陈述林秀与伍孝文这段"天作之缘"。林秀凝神听着，一直不开口表态，姑妈只好急切地推了她的肩膀。她转过脸，露出了一丝笑意，笑容像是一片潮湿的花瓣，在风中晾了又晾，等到水分微干，她才轻轻说道："如果伍妈妈没去世，也许，我愿意的。"

林秀把惊愕留给了姑妈。姑妈回家的路上，这个肥胖的老人一直在哭，眼泪怎么淌都淌不干。她现在相信村里人说的话了，遍植桃树的小院，让人变得神神道道的，此外别无益处。她甚至想到很多年前，那时林秀还是一个三岁多的娃娃，留着童花头，穿着格子花裙。她抱着小林秀，大声咒骂"只管生不管养的臭女人"，她的哥哥默默听着，既不阻挡，也不替那个女人争辩半句，只是在说到让他续弦的事时，他坚决摇了头："这世上，总是要有人吃苦，有人幸福的。"

十几岁时，为了一张画，拔腿就能去北京，林秀觉得自己是母亲的翻版。三十岁时，她守着满院的桃花和寂寞，在日夜更迭的苦滋苦味中安之若素，她才知道自己更像父亲。父亲选择做那个不争不求不怨不嗔的人，他愿意将自己当蜡烛一样燃烧，只要能让远远的时空某处，某人因他的牺牲而得到幸福。

姑妈是个普通女人，二十几年前她丝毫不懂这话是什么意思。二十多年后,眼看一阵风来,花瓣如雪堆了林秀一头一身,她醉在花冢之中,面色沉静如水,外面的人叫破喉咙也叫不醒她,姑妈仿佛明白了一点点。可思绪刚冒了一个尖儿,风忽然变得急促凌厉,桃花紊乱飘舞,她这点单薄的懂得随即被卷到了苍穹万里,四下茫茫,难寻踪迹。

童话城堡

成长三部曲

杜阳林 著

江苏凤凰文艺出版社
JIANGSU PHOENIX LITERATURE AND ART PUBLISHING

图书在版编目(CIP)数据

童话城堡 / 杜阳林著. -- 南京：江苏凤凰文艺出版社，2025.5. --（成长三部曲）. -- ISBN 978-7-5594-9409-2

Ⅰ.Ⅰ247.5

中国国家版本馆CIP数据核字第2025F91C23号

童话城堡

杜阳林　著

出 版 人	张在健
图书策划	王　青
责任编辑	孙建兵
特约编辑	余慕茜
责任印制	杨　丹
出版发行	江苏凤凰文艺出版社
	南京市中央路165号，邮编：210009
网　　址	http://www.jswenyi.com
印　　刷	徐州绪权印刷有限公司
开　　本	787毫米×1092毫米　1/32
印　　张	3.375
字　　数	47千字
版　　次	2025年5月第1版
印　　次	2025年5月第1次印刷
书　　号	ISBN 978-7-5594-9409-2
定　　价	68.00元(全三册)

江苏凤凰文艺版图书凡印刷、装订错误，可向出版社调换，联系电话 025-83280257

今天,我十八岁了。

不是我想到了自己的生日,是妈妈专门为我准备了一个奶油蛋糕,上面插了十八根蜡烛。

"儿子,生日快乐。"烛光在妈妈的脸上闪烁跳跃,但她"扑哧"一口吹灭烛火,黑暗顿时像铺天盖地的厚绒布将她团团包裹。

点缀在蛋糕上的草莓是妈妈亲手种植的。为了在这里创造一个温度适宜的暖棚,从我的十岁生日那天开始,她就一直在孜孜不倦地探索这件事。制作奶油的牛奶来自一头名叫"斑花"的奶牛,它像是一台机器,每天勤勤恳恳地生产热腾腾的乳汁,爸爸为此专门画了一幅画来赞扬它,画名就叫《伟大的斑花》。妈妈清晨从鸡窝里拾捡了刚刚落地的鸡蛋，蛋还带着母鸡的体温。妈妈总是这样，希望将最好的都留给我，留给她十八岁的儿子。

哪怕我再也无缘品尝一口妈妈制作的蛋糕，也努力想象蛋糕的扑鼻香味，以及蛋糕的柔滑触感，还有妈妈爱我的那颗心。

今天是我的冥寿。从五年前离开人间，我已在这座童话城堡里飘荡了整整五年，谁都看不到我，只有妈妈偶尔会忽然转身，黯淡的眼珠朝向身后的虚空："谁？谁在那儿？"除了恣行无忌的风，没有任何回答她的声音。

妈妈眼睛晦暗得让我心疼，五年前黑亮的秀发如今已花白了小半。她眼珠死死盯着半空虚无的某一点，干裂起白皮的嘴唇翕动着："小西，是你吗？"

作为一个鬼魂，我永远无法回答妈妈的问题，这是我最大的心痛。

不，我已经没有心了，从它停止跳动那一刻起，我再也不用为了这颗心脏患得患失。

一

有的人记事早,有的人记事晚一点,作为一缕鬼魂飘荡了五年的我,多多少少比过去的自己成长了,认清了自己资质的平庸。

我记住的人生第一件大事,是自己的疝气手术,妈妈、外公、外婆三个人轮番照顾我。我从麻醉中醒来,像做了一个长长的梦,躺在床上疲惫不堪,因为麻药的劲头还没完全过去,感受不到刀口的疼痛,只觉得口渴。我喊妈妈,我要喝水。

妈妈扑到我的病床前,右手撑着床沿,仿佛稍微松手,我就会摔下去,身上只剩这一根咯吱作响的骨头作为支撑了。她看着我，又哭又笑，眼泪从笑容的褶皱里流下来，像是怪异的小溪滚过了山谷。

"小西，你还不能喝水。乖啊。"

医生不准妈妈给我喂水，顶多拿棉签蘸上水润一润我爆皮的嘴唇。嘴唇成了撒哈拉沙漠，那一点点水珠润上去，立即就"哧溜溜"蒸发了，比不蘸水还要让人煎熬和失望。难过的情绪像泡泡一样越吹越大，我终于忍不住内心的愤懑，大哭起来："爸爸呢？我要爸爸啊！"

病床前来来回回都是三个人，他们把我的爸爸藏在哪里了？

我一哭，妈妈的眼泪流得更加汹涌而出。外婆将她劝到外面，换来外公安抚我。只有外公单独陪我，我慢慢止住了哭声。更小的时候，我偶尔会将外公和爸爸认混，将外公叫成爸爸，也曾将爸爸喊作外公。他们脸上有相似的皱纹，身上有相似的气息。

这不能怪我。我的爸爸比外公还要大两岁，比我妈妈大三十岁。在家妈妈叫他"康老师",与她的姐妹淘聊私密话时,她甜蜜地称他为"康先生"。

现在的白大褂强制我躺在病床上,我连喝水的小小心愿都难以达成。康先生呢?在妈妈眼里万能的、伟大的、魅力无穷的康先生,难道他就不过来看儿子一眼吗?

外公温厚的手掌和爸爸相似,都有一股淡淡的烟草味儿。他摸了摸我的头顶,我假装是爸爸陪我,合上眼皮,睡意就来了。

我终于可以下床走动,外婆递来一个白水煮鸡蛋,让我坐在小椅子上看看窗外。她嫌医院床铺的褥子太薄,我睡着不舒服,特意从家带了褥子铺垫。

看着窗外多无聊啊,我要走到窗外去。

病房里的人各忙各的。我轻手轻脚地走出房门,顺着走廊直走了几十步,那儿有道小门与小花园相通。

花园中间砌着一个水泥花台,台沿低矮,即使我这样的小孩,双手按着台沿轻轻一撑,屁股也能稳稳当当坐上去。

这是我找到的"宝地",不亚于满镶黄金和钻石的王座。我心满意足地坐在上面,从蓝白条病号服口袋里掏出鸡蛋,轻轻在花台上一磕,原本完整的蛋壳表面,变得四分五裂。蛋壳如此脆弱,我困惑地举起它,朝着太阳仔细看了两眼。那时我太小了,不懂得什么叫"不堪一击",命运让我先与"不堪一击"相遇,再找恰当的时间和空间,用刻骨的感受反复告诉我这个真理。

从碎裂蛋壳中剥出来的鸡蛋犹如一块完整的白玉,摸上去像爸爸的缎子汗衫,滑滑的,软软的,凉凉的。举高一点,穿过树叶间隙的阳光落在上面,平添一分瓷白与晶莹。我好似面对世上的珍馐美味,它的形状让我目眩,我不敢贸然将它放进嘴里,这是一种贸然的亵渎。

一只手,像一只不讲道理的鸟儿,翅膀轻轻一扫划过天空,鸟喙准确无误地直奔猎物而来。

我回过头,逆着光,看到一张胡子中藏着的嘴巴,喉结蠕动几下,鸡蛋就在嘴里消失了,永远消失了。我刚想咧嘴大哭,嘴的主人蹲下来,我才看清原来是爸爸,一下子转悲为喜,一头扎进爸爸怀里。

"爸爸,你怎么不来看我呀?"

"儿子,爸爸这不是来了吗?"

好几年以后,我才知道那时爸爸和妈妈之间正在经历一场重大的分歧,妈妈甚至想过离婚的事。对这个可怜的女人来说,"离婚"是多么可怕的词汇,即便事情已过去几年,她提起来还会浑身发抖,像风雨中的燕子满心绝望地在黑夜里乱撞乱飞,每一根羽毛都被淋得透湿沉重。

二

妈妈从结婚那天起，大概就没想过和爸爸分开，虽然那时的爸爸是比她大三十岁的"康先生"，但她有信心与他"白头偕老"。

妈妈身边的小姐妹奇怪她为什么选这样一个"老男人"。

"因为，他有才华啊。"妈妈局促不安地用手指反复绞着衣服边儿，有点不自信地小声回答。

那时，妈妈还没看完一本"康先生"出版的画册。她只知道，这个叫康明亮的男人出版过几十本书画专著，摞起来有半人高；除了画画写书，他还在大学课堂上讲授美术课。天哪,大学课堂!一辈子都没进过大学校园的妈妈,无法想象在那里面听课的学生有多幸福。

"这有什么要紧呢?你想进大学看看,随时欢迎啊。"康明亮慷慨地发出了邀请,仿佛大学校园是他家的私产,随时都能去"看看"的。

事实上,妈妈第一次鼓足勇气去大学,就差点吃了闭门羹。

原本妈妈和康明亮约好两点在校门相见,他自己一点多就提早过来了,施施然踱进校门,一直走到教学楼下,坐在紫薇树下喝茶。妈妈打电话给他时,他正和两个前来请教学问的学生聊得火热,没有听到电话响。妈妈连打了几个电话,朝门卫茫然地摇摇头,牙齿咬着嘴唇,一脸恳求表情:"那个,快到上课时间了,康老师一直没接电话。"

"没接就不能进去。"门卫斜看了妈妈一眼,脸上的冷冽如万古冰川。

妈妈往后退了半步,她左右看看,仿佛想从陌生环境中找出一点佐证,证明她真的认识大学兼职讲师康明亮，是他邀请她来听课，不是她故意来胡搅蛮缠。

当然，除了周围朝气蓬勃的学生，妈妈什么都没找到。她自惭形秽地往旁边站了站，既想离开又怕误了康明亮的约见——人家好心请她来见识未见过的校园，就这么走了，会不会太不识相？

我的妈妈一直都怕给别人添麻烦，她从门卫的神情里读到了不耐烦，这让她局促不安。想走的念头渐渐占了上风，事实上她已经悄悄侧转身，凭着在体校锻炼十年的肌肉爆发力，她相信自己能在三秒钟以内跑过斑马线，跑到街的那一端，如同隔着一条河似的来看大学校门，也许这就会大大稀释她的尴尬。

但妈妈听到了康明亮的声音。

"萍萍，萍萍。"他边跑边喊，后面还跟着他的两个学生。

他的亲密称呼让妈妈脸上有了窘色，伸出去的左腿定了格。妈妈名叫郑玉萍，她不知道康先生会在大庭广众之下喊她小名，一时之间不知该如何反应才好。她紧张地瞪大眼睛,看他吁吁地大口喘着粗气,离自己越来越近。

"你这个人,怎么搞的嘛?来了也不进教室。"康明亮质问她。

妈妈口吃起来。她来这座城市的时间不算短了,以前是体校学生,每天早上起床就没日没夜地练习铅球投掷。体校实行封闭制管理,她又人生地不熟的,很少有机会去外面逛街,也很少和外人打交道。前两年受伤退役,不愿回老家,留在这里打工,本能地畏惧一切身穿制服的人,哪怕对方只是一个保安,她都怕自己哪句话不慎得罪了人家。

郑玉萍嘴上不说,眼神却往门卫脸上瞥了好几次,康明亮当即明白,她是被当作"校外无关人员"被拦阻了。

要说门卫拦郑玉萍,也不算冤枉她。每天进进出出大学校门的男男女女这么多,柿子挑软的捏,门卫也只选"可疑人士"拦阻。

为了来听课,郑玉萍换上自己最好的衣服,前胸后背的衣料上,都有在箱子底下压久了的折痕。

她脸蛋黑红，手关节粗大，却不愿承认自己是学校临时聘请的工人，冒充听课的学生，这不是撒谎不打草稿吗？门卫自然要揪着她再三盘问了。

啪！康明亮生气地重重拍了一下门口负责放登记簿的长条桌，桌上的签字笔受到震动，滚落到他脚下。他余怒未消地指了指郑玉萍，又冲门卫嚷道："看清楚，这是专程来听我讲座的，我朋友！"随即他又以更响亮的音量补充："我女朋友！"

妈妈曾对最要好的小姐妹说，她就是从那一刻起，爱上我爸康先生的。

三

认识康先生时，妈妈是超市促销人员。她并不热爱这份工作，因为深知自己嘴笨，就算她将经理发下来的产品介绍一字不漏全背下来，让她实地操作，一紧张就会影响发挥，结结巴巴还说不到点子上。妈妈从前以为当运动员是全天下头等吃苦的事，原来在偌大城市要养活自己才是更大的苦楚和考验。

有好几次，妈妈都想，算了，干脆回老家。她练了十年铅球，虽然没练成全国冠军，但比起一般的同龄女子，体能和力气都占优势，实在不行，回农村种地好了。可她又被另一重害怕萦绕。前两年，家里人要给她介绍对象，如今她不名一文地回去，恐怕家里人不是让她熟悉农具，而是将她赶紧"推销"出去。这一年她二十四岁，城里女人觉得青春大戏刚刚拉开帷幕，在妈妈老家，这个尴尬的年龄却踩在了"老姑娘"的分界线上。与一个不认识的男人相亲、结婚、生孩子？妈妈两眼一黑，浑身打个哆嗦。

我的妈妈很漂亮，个头高挑，身形修长，皮肤虽不细腻，但泛着健康的黑红光泽。在我们相处的短短十三年，无论何时她看到我，眼里都会溢出温暖的笑意。她却从来不敢承认自己长得好看的事实，有时爸爸的朋友来看我们，住在童话城堡里，享受妈妈的热情，会对爸爸大发感叹："老康，你上辈子是拯救了银河系吧，才娶到这么漂亮贤惠的媳妇儿。"妈妈听了这话，窘得耳朵与脖子根发红。

"我又不好看。"有次爸爸的摄影师朋友想为她拍几张照片，她实在推拒不过，只能真心实意地先将劣势摆出来，妄图让人家知难而退。

"做人太过谦虚就是骄傲。"摄影师朋友抬着下巴，一本正经地和妈妈开玩笑。妈妈肩膀一抖，脖子缩了缩，实在没有抓住这话好笑的核儿在哪里。

不光是这个玩笑，"康老师"和他身边的朋友常常说一些怪里怪气的话，看似平平无奇，其实每句都有深意，妈妈听不懂，也理解不了。她发呆的样子被人抓拍下来，冲洗了一张十二寸照片寄给爸爸。

"纯真，老康的老婆真是数年如一日的纯真啊。现在的美女好找，人造的比比皆是，哪里能遇到这么自然纯真的女人？老康是走了狗屎运！"

妈妈同样不理解，自己身上被朋友们追捧的"纯真"到底是什么？她想找人问一问，却发现身边已无可以说些私密话的知心人。

妈妈在结婚前有两个要好的闺蜜，随着她成为"康太太"，闺蜜就像改道的河流，与她渐行渐远。

其中一个闺蜜，是在城南卖煎饼馃子的李阿姨。李阿姨长着一张雪白的团团脸，摆摊当小贩，怕日晒雨淋地伤害了颜值，她总爱戴一只白色口罩。没想到这倒阴差阳错成为她的个人特色，人家都说她爱干净、讲卫生，唾沫星子不会溅到煎饼上，乐意去照顾她的生意，亲切称她为"李果子"。

李果子虽是小贩，收入并不比一般白领低。她有本事赚钱，心地也不错，尤其对我妈妈郑玉萍十分仗义，妈妈有两个月销售额垫底，经理扣了她一半底薪以作惩罚，她连房租都交不起，多亏李果子借钱给妈妈救急，每天请她白吃一个煎饼馃子，帮助她渡过难关。

这么要好的姐妹，却在妈妈告诉李果子自己要嫁给康明亮后，两人逐渐断了联系。

"这个老男人比你爸还大，你图什么？"李果子不客气地质问妈妈。

那时，世上还没有我这号人，否则我一定会挺身而出帮妈妈解围，告诉敬爱的李阿姨，我的妈妈从来没有贪慕过富贵，她就是单纯地喜欢我爸爸、崇拜我爸爸。一个女人如果老是抬头仰望一个男人，当他是天上星辰一般，时间久了自然会成为爱。

"你是没去过康先生的画廊，他自己写的画就占了整整一个画廊……"

"那你看过吗？"李果子截住妈妈的话头儿，口气里带了十足的火药味。

"我是看了的。"妈妈声音越说越小，近似于蚊虫嘤嘤。她不好意思承认，那些画她也只能"看看"，稍微多看几幅，就头脑发胀、眼皮下耷，磨盘大的睡意黑沉沉地压过来，三两下就将她砸晕过去。有次她手里抓着爸爸康明亮的书画评论集，斜倚着藤椅扶手酣睡，爸爸推门进来时，妈妈睡相松垮，嘴角还挂着一条晶亮的口水。

"我说到处都找不到你，原来是'史湘云醉卧芍药裀'呀。"

爸爸并不认为读书读得梦周公的妈妈幼稚肤浅。他呵呵笑着，一点儿都没生气的样子。妈妈手忙脚乱地擦掉口水，心中疑窦丛生："哪个是史湘云？难道是你的前妻？"

康明亮是二婚，这也是李果子坚决反对郑玉萍嫁给他的理由。

四

郑玉萍第一次兴冲冲去大学旁听康明亮讲课时,他与两个学生聊得兴起,差点忘记约了她在校门口等他。后来康明亮总算想起这事,带着两个学生一通小跑前去接应。康明亮当着众人面大声点出郑玉萍身份:他的女朋友。

别说郑玉萍觉得石破天惊、不可思议,连那两个学生也目瞪口呆,他们张大嘴巴,傻乎乎地盯着年轻的郑玉萍,实在不知道老师这一出风流戏该从哪里说起。

两个学生中,个头矮一点的男生林铭是康明亮的铁杆粉丝。郑玉萍第三次来学校听课时，由他担任联络员，轻车熟路地去校门口接应了她。进校后一路穿过体育馆、足球场，绕过学生三食堂，顺着一条两边遍植银杏的小路走上几百米，便能看到路尽头处的红灰色六层建筑，这栋建筑底楼的101阶梯教室，就是康明亮授课教学的地方。

就算两人加快步伐，这条路也至少要走一刻钟。就这样干走着什么都不说，挺尴尬的，林铭费尽心思，想找些话题聊一聊。

林铭原本不是美术系的学生，自从去年旁听了康明亮一堂公开课，他像是被彗星尾巴烫了一下，灼灼的火光和高温令他满心激动，他鸿蒙初开地明白：原来美术和国画还有这样的魅力！原来人还能这么活着！他很快成为康明亮最忠实的追随者之一。

面对康明亮，林铭有问不完的问题。康明亮虽是靠书法和绘画扬名立身的艺术家，但他兴趣广泛博览群书，哲学、文学、艺术学、社会学甚至经济学的知识，统统有所储备，林铭如同面对一本永远也看不尽的百科全书，师徒之间的对答，也时常精彩绝伦。林铭真心实意地崇拜康老师，对于"师母"，内心不自觉地也设置了苛刻条件，无论哪一条，都和同行的郑玉萍不搭边。当然，纵是颠覆了认知，林铭依旧对郑玉萍礼敬有加。

林铭发誓，自己忽然讲起"前师母"的话题，并不是蓄意挑拨老师和"现女友"之间的感情，纯粹是他难以找到一个能和"郑师母"共鸣的话题。那天风吹叶儿落，一片银杏树叶打着旋儿落到头顶，他忽然头脑发昏，问郑玉萍知不知道，康老师离婚的心情。

"离婚？"郑玉萍停住脚，脸上现出诧异的神情。

林铭自觉失言，但已经来不及了，女人都是好奇驱动的生物，郑玉萍的表情写着明明白白几个字：愿闻其详。

其实林铭也只是道听途说，内里详情并不知晓，甚至不知道前师母的名字，只知她以前是本市另一所大学的教授。她这个教授和康明亮不同，康明亮是因为书画成就斐然而被学校特招来兼职的，前师母却是硕博一路连读的学霸，学历硬资格老，毕业后留校任教，不到四十岁就评了正教授。

郑玉萍听得牙齿直打架。康明亮已经是五十多岁的人了，他要是没有一点"过去"，她反而会害怕他是否"不正常"，但粗粗了解到他过去的"另一半"这么优秀，又让她内心波涛起伏。

当天晚上，林铭辗转反侧，夜不能寐，索性翻身起床，给康老师发了一条长长的短信，坦承了下午自己的"失言之过"。康明亮却没有怪罪他的意思，淡淡回他："前尘后事，本来也要讲给她听的，我既认定她是我下半生的伴侣，绝不刻意隐瞒什么。"

这话让林铭动容，十几年后还能一字不差地背诵下来。他觉得全世界的幸福的女人绑在一起也比不上一个郑玉萍。

五

康明亮亲口告诉郑玉萍,他的前妻和儿子康桥现都定居英国,前妻在那边的大学拿到了终身教职。

康明亮说得云淡风轻,郑玉萍的头却越垂越低。他一根指头托起她的下巴,让她抬起视线,与自己对视,温柔得像每个字都在黄油里打了滚儿:"我和她的故事早就翻篇了,现在我心里只有你一个。"

她还不习惯和男人脸对脸地直视。他的鼻息咻咻地喷到她脸上,像春天小虫子爬过去,痒痒的又不敢动,眼睛也不敢眨,眼皮不中用,撑的时间稍微久了,眼泪就大颗大颗砸下来。他顺势将她揽入怀中,在她耳旁呢喃:"你的泪珠儿简直让我心碎啊……"她觉得委屈大过了感动,具体为什么委屈,她也说不出个所以然来。想来想去,更恨自己念小学时不该在体校选人的老师面前穷显摆。手劲大的女孩有什么稀奇?只要拿不到金牌,练到死也不过是个粗笨的"大力妹",会读书的女孩子才是人间珍宝,就像康桥妈这样的大教授,离开多年,林铭说起她这个传奇,还是会不自觉地满眼放光。

不过,再怎么大的教授,有再了不得的学问又怎样呢,现在倚着康明亮的人还不是自己。郑玉萍内心终于释然了。

李果子得知康明亮不仅是二婚,前妻还给他生了个儿子,气得敲了敲郑玉萍脑门:"你这脑子是被门夹了吧?难不成还要上赶着去当后妈?后妈是那么好当的吗?"

郑玉萍不好意思告诉李果子,她只比康桥大两三岁。人家康桥正在英国读研,知书识礼,学贯中西，大概也不会来捣"年轻后妈"的乱。

即使当晚辈的不投反对票，长辈也被郑玉萍的大胆妄为吓了一跳。

郑玉萍的爸爸年轻时是大队会计，打得一手好算盘，千算万算没算到，自己闺女带回来的女婿比自己还要年长两岁。他当即甩了脸子，不肯留在家里吃饭，披上外套丢下客人径直去了邻居家。

玉萍爸窝了一肚子火，正闷闷地和邻居下象棋，邻居小孙子跑过来急急地报告："郑爷爷，村长带着镇长去你家了！"

玉萍爸吓得差点碰翻了棋盘。虽说当过会计，但他平生并没和镇长级别的官儿打过交道，镇长怎么会往他家去？

当他腿肚子颤颤地跨进门槛，却见"老男人"康明亮坐在八仙桌的主位上，镇长紧挨康明亮而坐。村长站在两人后面，康明亮从烟盒里掏出一支香烟，镇长就忙不迭地摁打火机点上火。玉萍爸看得仔细，站在后头的村长也在摸打火机，不过人家镇长"近水楼台先得月"，先让火苗烧起来。

玉萍带回来的老男人到底什么来头？

村长转身搓着手小声告诉他："了不得，叔，人家康老师是著名书画家，听说某某领导都喜欢他的书画，还给他题字呢。咱不敢奢望领导题字，眼看我们村也要搞文旅产业呀，能不能请你未来女婿帮忙题几个字？咱们找石匠凿成匾，挂在进村的门楼上。"

村长这话，好像女儿玉萍一定会嫁"老男人"似的。不过转念一想，儿大不由娘啊，爹娘管头管脚的，子女能听进几分？她在城里体校待了这么多年，算是半个城里人，脑子应该比一般乡下姑娘好使吧？"老男人"是她自个找的，人家一定有过人的长处，看在村长镇长都上赶着巴结的份上，缺点揉巴揉巴，好像也能四舍五入，忽略不计了。

玉萍爸心里的算盘珠子一拨拉，定下主意，拉住老伴，从此对女儿施行三不政策：不管束、不反对、不阻止。

康明亮面对比自己还小的未来岳父，没有什么拘谨不安的神色，他要么直呼名字，要么酒过三巡，噼噼啪啪拍打玉萍爸的胳膊亲热地喊起了"老弟"。老弟就老弟吧，结婚前，康明亮在县城出全款，给玉萍爸妈买了一套商品房、一个门面房，从此他们"洗脚上田"，再也不用苦哈哈地插秧打谷。玉萍爸将门面房改装成小超市，每天人来人往的，说不上客似云来，一家人混个温饱绰绰有余。小超市最醒目的装饰，要数墙上那幅巨大的、女婿和一位"重要领导人"握手微笑的照片。

六

李果子坚决反对闺蜜郑玉萍嫁给"老男人",是对方又老又有婚史还是其次,她最担心的是"人家吃的盐多过你吃的米,到时随便耍点花招,让你老婆变保姆,有你哭的时候!"

为了闺蜜,李果子算是一种逆向思维的大胆推理。以前老爱结伴儿来她小摊照顾生意的,有三个安徽籍的保姆。异地打工,同乡关系特别亲,这几个保姆要好的时候恨不能穿同一条裤子。各家雇主要求不一样,能凑到一起来买煎饼馃子,算是小小的"聚会",围着炉子叽叽喳喳,有讲不完的私密话。李果子发现，后来只有两个保姆手挽手来买煎饼，她好奇地问了一句："你们那位同乡呢？最近都没看到她，她这么忙的啊。"

"人家啊，"长着一张方脸的那位保姆夸张地摆了摆脑袋，"人家命好哟。"

女人哪有不八卦的呢？李果子稍一打听，就知道那个"命好"的保姆如今已"荣升"夫人。虽说新老公比她大三十多岁，但对方是退下来的干部，每月退休金可观，对一个"伺候人"的中年保姆来说，岂不是从糠箩兜跳到了米箩兜？

李果子的单线条思维就是这样形成的：保姆既然能变老婆，老婆怎么就不能变保姆呢？比你大三十多岁的结婚对象，天晓得他们肚子里藏了啥牛黄狗宝。

来自闺蜜的反对声音虽然令自己痛苦，郑玉萍却从这痛苦里尝到一点有别于过往的滋味，叛逆的滋味。

体校生的一大优点是"听话"，将教练说的每个字都当金科玉律，郑玉萍的教练以前严厉批评过她，认为小郑最要命的缺点在于"毫无主见"，缺乏了一个运动员该有的野心，即使真的上了赛场，也会因为少了那么一点爆发力而输给实力相当的人。

郑玉萍知道自己的短板在哪儿，但从十岁到体校，一晃十来年过去了，很多东西都像刻在骨子里，搬不动也抹不去了，哪怕是个明晃晃的缺陷，也只能让它一如既往地展示丑陋和软弱。现在不一样了，她爱上一个"身边人不看好的男人"，父亲甩她冷脸，闺蜜给她白眼，都说康明亮不能带给她幸福，可在她看来，事实恰恰相反，康明亮愿意娶她，是她郑玉萍烧了高香、撞了大运才对。

世人都错了，自己占了便宜还被误会是"下嫁"，这种和所有人拧着来的强大感觉，让郑玉萍感受到了陌生的"成长"痛感，像是笋子破土时艰难地拱开黑土。她被"听话"封印的青春叛逆期在二十多岁时姗姗来迟。

全世界都反对她和康明亮在一起，反而说明她的决定是多么惊世骇俗、多么铿锵有力。郑玉萍忙着和李果子罗列"非康先生不嫁"的理由时,没想到最反对这场婚事的人出现了,他是准新郎康明亮。

在领证前两周,康明亮兼职的大学发放福利,不管专职还是兼职老师都安排去省医体检一次。康明亮自诩"国防身体",从小连感冒都很少发生,体检报告却告诉他,肺部发现"疑似肿瘤"。

什么?疑似肿瘤?康明亮捏着报告单,狠吸一口雪茄,对着他的学生忠粉林铭喷了一口浓烟:"不如直接说我患癌好了,还玩什么文字游戏呢?"

接着,康明亮喉咙里咕咕两声,鼻头一皱,仰脖子古怪地笑起来:"我倒要问问老天爷,开这种玩笑有意思吗?"

他一如既往地爽朗大笑,几个追随他的"弟子"都跟着哏哏笑,只有林铭注意到,老师情绪有点过了,捏雪茄的手指抖抖的,眼神也比平日涣散。

康明亮告诉他的学生们,别说是"疑似",就算真的患了肺癌,老天爷也别想打倒他!他还有巨幅画作要创作呢，至少要等他获得国际大奖再说命长命短吧，大把的计划攥在手里，不能只攥出黏黏糊糊的手汗。

在约好领证的那天，康明亮失联了。郑玉萍到处寻找，发动学生一起帮忙。林铭也不知道老师去了哪儿，本着他对偶像的理解，大胆猜测："老师可能是不想连累您，毕竟，您还年轻。"

郑玉萍一屁股坐在教学楼前的台阶上，鼻息、烫烫的，像腔子里着了火。她好歹将热辣辣的眼泪压了下去，却抑制不住胸腔的猛烈起伏，拉风箱似的鼓了又鼓、瘪了又瘪。

"我要找到他，我们还要结婚呢。"康明亮的逃跑反而坚定了郑玉萍非他不嫁的决心。

在一旁感动地看着她的林铭，检讨自己以前对"准师母"认识不够。她文化层次远远比不上老师又有什么关系呢？她的精神世界是纯粹高洁的。他愿意为这段伟大的爱情奉献一份自己的微薄之力。

七

康明亮没有想象中那么难找，失联七十二小时后，他回复了林铭的短信。林铭急切地问他人在哪里？他让林铭不要管，后来"耐不住追问"，发了地址过来，是四川都江堰深山里的一座古刹。之前康明亮带几个亲近弟子去山里住过一晚，寺里的大和尚用清泉烧野茶给他们吃喝，所有的简陋和寂寥都带着几分禅意。

从山脚到古刹，一共走了6333步，郑玉萍数着自己的步子，她用6333步将自己送到了未婚夫面前。

未婚夫变了脸，转过身一副不想浪费口舌的样子。

"有病咱就治。"郑玉萍恨自己嘴笨，说不出更有力的安慰话："康老师，我陪着你。"

"你走吧，以后不要再来。"康明亮狠下心肠，用后背对着郑玉萍说话。

十几年后，在那座童话城堡里，我很想问妈妈，是康明亮"单方面撕毁合约"，她不过是"附议"，无须背负什么道德重担，她为什么不就此离开呢？

当然，我知道她不会走，之前她一直一边窃喜一边不安，因为自己的"高攀"和身边人的反对。如今康明亮身体可能生了恶疾，倒激发了她殒身不顾的勇气。她战栗着发现，当年在赛场上百寻不着的强烈意愿，现在轻而易举就充塞了她的四肢百骸。

"我不走，我要和你结婚，我要给你生孩子。"郑玉萍义无反顾地喊出这一句。站在门槛里的大和尚双手合十，垂目礼念佛语。他不是责怪这位女施主口出不洁之言，玷污了佛门清静，而是被她一片痴心感动。她明知对方可能命不久矣，还要和他结婚生子，这种痴妄越是强烈，越是让人感慨。

"你说什么？"康明亮终于愿意面向郑玉萍，"你不怕我……"

"怕。"郑玉萍觉得自己活了二十多年，从不知道自己还有这样厚的脸皮、这样壮的胆量，敢不管不顾地对一个男人求婚，"我只怕你不要我。"

他们如愿结婚了，康明亮放弃去北京、上海的医院"进一步求证"。他说人身体的病不该用药来治，要彻底更换"外在环境"，才能"像在清水里洗过一样干干净净"。郑玉萍都听他的，她信赖她的新郎，他做事有条有理，什么都无须她操心。康明亮出手阔绰，将她父母安顿得很好。她辞了职，再也不用受超市经理的气。林铭带头改口，恭敬地唤她"师母"。

新婚宴尔的那段时间，大概是妈妈一生中少有的高光时刻，我的到来是她生活的锦缎上开出的一朵花。

妈妈从来没和我说过，爸爸曾经不那么欢迎我的到来。这些话，她宁可沤在肚子里一百年也不会和我讲。我要庆幸自己当了五年的幽魂，魂魄能自由自在穿行于城堡的任何一个角落、偷听任何一个人的讲话。这个秘密，是我在爸爸和一个大胡子叔叔聊天时得知。我一块一块捡起他们散落在地的碎片，完成了一幅十几年前的拼图。

"老康，听说你生了病时，我正在国外办展，没来得及第一时间回来看你。"

"没啥好看的。"爸爸摆了摆手，将雪茄剪递给大胡子叔叔，"我这不好好活下来了嘛。十几年了，肺也没有烂出一个大窟窿来。"

"还是不能掉以轻心。你现在住得山高路远，年度体检怎么办？"

"下山就一个多小时的车程，不碍事。"

"我听说那天早上，你老婆打了120，车也是一小时后才赶来。医生都说，如果再早一点，说不定小西……"

爸爸揿下打火机，一团蓝色火焰在风中跳跃，成功地堵住了大胡子叔叔后半句话。

点燃了大胡子叔叔手中的雪茄，爸爸叹息道："都是命。小西这孩子，也许不该来这世上的，老天爷送他来一遭，可能只是为了给我一个虚妄的欢喜。"

我在记事以后，觉得这世界没有一颗星比爸爸更耀眼了，没有一个人比爸爸更聪明了，他是我在世上最大的偶像、最亲的亲人。他和我说的每一个字，我都恨不得装裱起来挂在墙上，反正我们居住的童话城堡有那么多房间、那么多堵白墙。如果将"爸爸语录"用爸爸的楷书一一写下来，装订成一本厚厚的书，会是怎样的景象呢？

妈妈说等我长大了就可以做这件事，反正时间还长。妈妈错了，从我出生那一天起，上天已经在我襁褓旁边设置了一个倒计时的闹钟。咔嚓，咔嚓，秒针每走一步，就将我的生命时光轻轻地剪去一截，剪去的时光，落地就成了灰。

八

妈妈是在监督修房大计时发现自己怀孕的。她是一个马虎的妈妈,因为早年在体校体力耗费过头,她的例假并不准时,一连两个月没下山买卫生棉,还以为自己是每日守在工地太累了,身体唱起了反调。反正原来赛前集训也有过这样的"反调时刻",她并不当一回事。如果妈妈那天不在烈日暴晒下晕倒,不被工人紧急送往医院,她大概还不会知道自己身体里已经悄然生长着一个未来的我。

在青城后山的山腰跑马圈地、修房筑屋是爸爸的主意。当然,也只有他这位身家不菲的著名书画家才有能耐协调地方官员拿下一块荒地大兴土木。对于他从高校的骤然离职这件事，林铭等忠诚弟子虽然心有不舍，但明白老师的身体情况，都纷纷表达理解。他们以为康老师想通了，从古刹回来，就会平心静气接受现状，住进医院详细检查。如果能排除"疑似"，当然是最好不过的事，不过，一切都要建立在"科学查验"的基础上，不是吗？

爸爸的人生轨迹从来不按他人设计的路线行走。他向来是这样，年轻时放弃稳定的工作跑去学习书画，外人都道他"疯得不轻"。他在一幅幅作品都未发表时已经狂妄地称自己是"当代唯一能超越张大千的书画家"。他曾是过往朋友们的共同笑料，却用自己的实力打了所有人的脸。

爸爸的成功让他所有的自大嚣张都有了依规与出处，他为自己制定规则，世俗拿他没有办法。他是否能超越张大千，需要历史的检验，但至少从他三十多岁成名到现在，他秉持"绝不活在任何人期待之下"的态度，活成了年轻人的精神偶像。也许他们所向往的，就是一个敢于不断打破陈规的偶像。如今，爸爸打破了忠粉们希望他"住院治病"的期待，反而是另一种迎合，让年轻的忠粉们看到了康先生宝刀未老，他还是那个不走寻常路的精神领袖。

康明亮娶了郑玉萍，他放弃"寻医问药"，选择和新婚妻子一道隐遁。动身去青城山之前，康明亮设了一次小小的家宴，林铭是座上宾之一。多年以后，他还清晰记得，那日在家宴上的康先生是多么意气风发，而平日总有几分拘谨土气的郑师母又是多么光鲜照人。

"我们要融入真正的大自然，在自然的环抱之中创作出一幅让全世界都拍案叫绝的不朽画作。"康明亮揽着新婚妻子的肩膀，席上坐着的宾客更像他的信徒，他所说的每一个字都是金科玉律。他们坚信康先生一定会再度成功，卷起画坛飓风，成为归来的王者。

在康明亮的昂扬气度下，忠粉们暂时忘记这个男人数日前还因为一张"疑似肿瘤"的报告单惶惑无措，一头扎进深山古刹，不愿出来见人。就算有人提起这一茬，他们也会乐观地联想：这只是康明亮创作书画作品计划的一部分，疑似绝症，以及面临"疑似"时的懦弱和逃避，统统是不可或缺的痛苦经验。而所谓伟大的创作不都是从痛苦中开出的美丽花朵吗？

几乎所有人都被红光满面的康明亮感染时，只有他手臂揽着的女人始终无法丢掉那一丝丝忧心忡忡。毫无疑问，她爱他，在得知他可能患上恶疾时，她对他的爱达到了顶峰。一个道德高尚的女人绝不能在爱人生病时翻脸无情，郑玉萍相信自己的道德感，也相信自己此刻的万种柔情。但她并不相信所谓"好运"，康明亮说换个环境、换一方水土，就能置换掉身体里所有不好的东西，驱除病魔、赶走"疑似"。她努力相信这种说法，却又觉得这大概是属于神的奇迹。

在发现自己怀孕时，郑玉萍第一次相信"人的奇迹"，相信老天爷不是她想象中那么刻板无情，他会让她最渴求的愿望变成现实。

康明亮却没有她想象中那么惊喜。

"怀孕了？那咱们的房子怎么办？"康明亮将现实问题抛给了她。

郑玉萍愣了愣，旋即才想起来，这些日子他们夫妻分工协作，康明亮在山下一边养病，一边构思他的巨型画作，着手创作。而所有现实问题，如修建时与工人沟通协调甚至扯皮吵嘴的事，统统归属于郑玉萍。

是啊，一个怀孕的女人，怎么继续这一切工作？

不过，世上既有林黛玉这种被大风吹一下就要歪歪倒倒的大小姐，也会有身怀六甲还翻雪山过草地的女红军。郑玉萍将自己想象成长征路上的女人，不管是病痛还是怀孕，她都不能半途而废，只有走下去，坚持走下去。

"确定咱们现在要这个孩子吗？"康明亮见妻子不为所动，不妨将话说得更加直白一点。郑玉萍的肩膀抖了抖，像是没听懂他的意思。懂了之后，她点点头，大声回答："康老师，这是上天给我们的恩赐啊。孩子来了，你的病好了，一切都会好起来的。"

"好的，还有房子。"

"嗯，还有房子。"郑玉萍脑子有点乱，孩子、身体和房子，在她这里是无法站在一条线上来排序的。康明亮郑重其事地将"房子"抛出来，她又不得不接受，并且告诫自己，这就是我的职责，再说监督工人快马加鞭地将房子修好，孩子出生时才有一个安稳的家啊。

郑玉萍在体校读书时，住的是八人间，她鼓足勇气从地摊上买了一大块花布，想在蚊帐外再拉一道"帷障"，却被教练扯下来狠狠踩在脚下，让她写了检讨书，承认自己的错误。

检讨书是写了，郑玉萍却一直没弄懂错在哪里，她只希望有一方小小的个人私密空间，能暂时容下她一个人在里面哭也好笑也好都不被别人发现。现在，康明亮要给她的"家"，比这一个花布围出来的长方块儿，不知要大多少倍。光有感激是不够的，她必须全力奉献才能配得上他对她的好。

九

　　妈妈翻来覆去和我说了很多次，爸爸看到我第一眼就爱上了我，他从助产护士手里接过我，把我放在臂弯里，怎么也看不够。外公外婆专程从家乡赶过来，外公因为县城的房子和小超市，自觉在女婿面前无法再端老丈人的架子，如今他看女婿哪哪都好，女婿喝了大酒唤他"老弟"也是一种好，现在抱着初生的孩子爱得不撒手，当然是好上加好。

　　如今外公已经懂得察言观色，偏偏世上笨人那么多，有个产科的小护士，不是负责看护妈妈这个病房的，她在走廊遇到抱着婴孩的康明亮，走上前来瞅一眼，自来熟地搭讪："呀，好漂亮的孩子，恭喜您！您是爷爷还是外公啊？"

爸爸这辈子不走寻常路，被人误会的次数多如牛毛，但被不长眼的小护士错安了辈分，还是令他感到一种强烈的不快。我知道现在的人会怎么讲，"伤害性不大，侮辱性极强"。是的，小护士有口无心的一句话，绝对不是想为伤谁而说，偏偏让爸爸大受侮辱。

"我要把儿子带在身边，一步都不要离开我。"康明亮走进病房，对着产后虚弱的妻子说道。这话像一个誓言，气鼓鼓的誓言。郑玉萍甚至没有力气抬起手捋一捋额上汗湿的头发，只能轻轻附和他："那是当然的，你是爸爸呀。"

"对，我是爸爸。"康明亮像是昭示自己主权，一字一顿挤出这句话。襁褓中的我皱了皱小眉头，嘴巴一咧，哭了起来。

"我儿子附和我了，他也觉得我说的都对！"我的哭声顿时成为爸爸眼中的掌声，我们父子默契配合，我在出生一个钟头内就赢得了他盛大得不讲道理的爱。

这不是康明亮第一次当爸爸,但康桥怎么出生,怎么学步,怎么开口说第一个词,怎么上学,怎么出国,这些于他而言是一笔糊涂账。仿佛在他不经意时,儿子康桥已经长大成人,成为像他母亲一样优秀的学者。

康明亮新婚,康桥曾寄来一幅壁画,听说是他在英国淘到的古董,价值不菲,礼貌周到地恭贺父亲新婚。康桥如同朋友一般的妥帖与细心,也是令康明亮感到硌硬的原因。他从康桥的言行举止之中挑不出任何的刺,也给不到任何的"黄金建议"——儿子远比自己想象中更加优雅稳重,父辈的建议在太过出色的后代面前都成了废话。

抱着康小西,康明亮觉得这才是他的儿子,他血肉的一部分、精神的一部分融成了这个小小的婴孩。我哭啼时握紧拳头四肢乱蹬,不足他巴掌大的脸孔皱成一团,这么不讲理,这么的懵懂无知、柔弱无助,却是他血缘深处最深最深的牵挂。

郑玉萍靠坐床头,心满意足地望着丈夫。他抱着儿子不肯放手，用最笨拙最真诚的爱迎接小生命的到来。她感到自己是世上最幸福的女人，哪怕在国外当着大教授的康桥妈也不能达到这幸福的万分之一。

郑玉萍永远也不知道，就是从我呱呱坠地的那一天起，她和我，一条脐带串起的母与子，成为无法摆脱命运的人质。

妈妈在临盆前忠诚地守着我们的"家"，耐心地陪着施工师傅，使"家"从纸上走到山地。图纸雏形是爸爸手绘的，一座有着童话尖顶的城堡，漂亮得像是一只闯入野鸭群的白天鹅。设计师和包工头都在妈妈面前大力夸奖康明亮："你家康先生多么有才华、多么有想法啊！"

妈妈两眼放光，她将右手轻轻放在肚子此刻鼓起的地方，那是我伸懒腰时凸出的一个小拳头，或者猛然蹬起的小脚丫，妈妈在心里悄悄和我说话："孩子，你爸爸多么了不起！"

是的，我有一个了不起的爸爸，但我更有一个任劳任怨的妈妈。她在指导工人铺卫生间地砖时，羊水忽然破了,如果不是包工头的越野车性能好,一路加速狂奔将妈妈送到医院,我可能会在颠簸的路途中出生,或者干脆死在下山路上。谁知道呢?老天爷能看清每个人的牌面,不管我们出哪张牌,他都了然于心。此时他不横插一手,抽走妈妈手里攥得紧紧的牌,也许是怜悯,也许是怜悯的反义词。谁又真的说得清楚呢?

十

五年前，我枕边钟的指针停止了走动，我成为一缕随风飘荡的游魂，没有了沉重的肉体，第一次感受到了什么叫轻盈。这样轻盈的我，在童话城堡里晃晃悠悠地钻来钻去，依旧会觉得累。很难想象，这么多年来妈妈一直一个人打理整座城堡，她该有多累？爸爸从来就没扫过一次地、擦过一次玻璃。

"我这双手，天生是用来写字画画的。"爸爸振振有词，妈妈频频点头。她相信从敬爱的康老师嘴里吐出的每一个字。再说，结婚时他已年过半百，健康状况不佳，怎能胁迫他参与到繁重的家务劳动之中，阻挡他全速奔往"国际大奖"或"超越张大千"的伟大道路呢？

妈妈对于张大千的认知十分浅薄，只记得在哪儿看过一句：张大千是我国伟大的艺术家。爸爸肯定了她的记忆和直感："你也是天生的艺术家。"

妈妈惊惶得不知如何才好，"艺术家"这三个字离她实在太遥远了，但嫁给康先生以后，她觉得所有的不可能也许都会被一种"奇迹"变成可能。

比如这座童话城堡。前后花了一年的时间，也不过是勉强在青城后山修好了房屋主体。至于花园、亭台、鱼池等景致，在我记事后还在继续推进。每隔一段时间，我居住的环境就会有一些改变。爸爸的朋友说这是修建的"童话城堡"，大概所有的童话城堡都会变模样吧，只是正宗的童话城堡，是仙女挥舞着仙女棒轻轻一点便焕然一新。妈妈不是仙女，她从早上一睁眼，身上就系了一块蓝花花围裙，夜里洗完澡换上睡衣，她才会从围裙的软壳中暂时离开。我从未听她对谁抱怨过自己的辛苦，但我三岁那年，她在震惊和愤懑之下生出了与爸爸离婚的念头。

一切都是因为我。

疝气并不是被毒蛇咬一口或被马蜂蜇一下的"急症"，毒牙或毒液会让毒素很快发病，变得危急不堪，倘若不及时送医，也许小命不保。我患的虽然是疝气病症，但在发作之前，有过几次极不舒服的浮现。

比如忽然感到肚子痛。妈妈停下忙碌的劳作，将我放到膝盖上，我半倚着她柔软的胸腹坐着，她一手抱紧我，腾出另一只手来顺时针地帮我揉肚子。

"康老师，小西这个月第二次肚子疼了，要不我们带他去山下医院看看？"

康明亮腹部摊着一本画册，从躺椅上慢慢侧过脸。他懒得起来，还沉浸在午睡的慵懒情绪中，视线落在我们母子身上，像慈悲的上帝看着他的羊群。"小孩子，总喜欢这里摸摸那里抠抠，小手脏兮兮地就往嘴里塞，当然要肚子痛了。不要紧的，你去摘一点蒲公英草熬水给他喝吧。"

自从搬到青城后山，爸爸成了半个中医，他对照着书本找到不少野生野长的药草，指点妈妈采摘这个晒干那个，只要对他健康有利，妈妈无所不从。但这一次，妈妈有些犹豫。我有气无力地蜷在妈妈怀里，她的抚慰暂时止住了我的哭闹，身体不适的感觉，还潜藏在肚腹的某个地方，就像深海中狡猾的食人鱼在黑暗的海底耐心地慢慢磨着雪白的牙齿，等待时机一跃而起，搅起一轮更猛烈的疼痛。

三岁的我无法向妈妈清晰表达自己"越来越痛"的感受。但事实就是这样，疼痛是老天爷不动声色增加的砝码，一开始是一斤重，渐渐两斤、五斤、十斤……我不知道加到多少斤会彻底压垮我，因为在这之前，我直挺挺地晕倒了。

妈妈丢掉了手中竹编的药匾，惊叫着跑过来抱起我。

"救命哪！"她朝空空如也的山谷喊了几声，才跌跌撞撞地跑回屋里，打电话找山下的朋友帮忙。

所谓朋友，是这几年修房时认识的人。他们对"一家三口的城里人跑到这鸟不拉屎的地方住"感到十分困惑；甚至有人跑去向当地政府报告，要求"查一查那家人底细"。得知康明亮是国内著名书画家，他们更困惑了，最后只能勉强找个答案来安慰自己：人哪，不管写字还是画画，跟艺术纠缠得太久太深，就容易变傻、脑子短路。

当地人称呼妈妈为"画家娘子"。这个不伦不类的称谓初看是尊敬，其实含有隐隐的怜悯：毕竟有了"画家"，这个"娘子"才有依附，她是他身后的影子、衣服上的花边、用得惯熟的手杖。

妈妈将电话打给一个包工头，就是曾一路疾驰护送妈妈分娩的那个好心人。他二话不说，用最快速度将越野车开到山腰。

爸爸却不允许越野车带走我。

"你无权带走我的儿子。"爸爸曾是包工头的雇主，真金白银地雇佣过包工头及其手下十几个工人，又有"著名书画家"这重身份，说话自然有分量。

包工的脸上盛着尴尬的笑:"康先生,我就是来帮忙送小西看医生,你看他都晕过去了……"

"他不看医生。"爸爸固执地说,"世上的医院都是骗人的,就算没病也要治出病来。"

"我们走,我们走,不要理他!"妈妈忽然像变了一个人,紧紧抱着我,手上挎着一个布包,里面揣着户口本、银行卡、现金等。她的眼白被红色晕染,如同天空被晚霞占领,这种发狂的模样镇住了在场的两个男人。

"你今天要是不同意我走,我马上和你离婚!"妈妈怎么会有勇气喊出这样决绝的话?我很感谢她,她曾经将整个生命,包括生命的所有悲喜都系在康明亮身上,在我昏迷不醒时,她却愿意为了我,抛下自己生命的意义。

十一

疝气病症听起来凶险,其实都在"有惊无险"的手术中化解了,除了腹部一道蜈蚣形状的伤疤,这场病没有给我带来更多的"纪念品"。但有些东西还是被这场疾病悄然改变了。妈妈一开始撇开康明亮不管不顾地"离家出走",但在外公外婆结伴从家乡赶过来照顾我时,妈妈受到双亲对她"冲动行事"的责备,这令她陷入痛苦的自省之中:一个好女人能动不动就说离婚吗?她嫁给这个男人时,已经做好了这辈子只和他一个人过的准备,现在能够说斩就能斩断一段缘分吗?

妈妈结婚时，外公采取"三不政策"，现在反而意见多多："当时让你想清楚，你自己非要嫁，当老的管不住，嫁就嫁吧。既当了人家媳妇，就要懂事，拌个嘴吵两句便嚷嚷分手的话，连累我们老的脸面都丢尽了。"

妈妈不说话，手里的围裙揉揉扯扯，像是她无处安放的情绪。她当时抱着我坐上包工头的车，一路飞驰到医院，竟一直都没取下它。围裙像是长在妈妈身上的另一层皮肤，就像愧疚感也是长在她身上的另一层皮肤。

她怎么会口不择言地吼出"离婚"呢？康先生是小西的爸爸啊，他那么疼爱小西，绝对不是故意让小西涉险，他只是从自己的固有经验出发，认为医院和医生并不可靠，产生了错误的判断。

康明亮能"尽释前嫌、宽宏大量"地赶来医院看我，外公外婆嘴上没说什么，表情都是松了一口大气的样子。

"夫妻俩商商量量的，以后好好过日子呀。"临走前外婆蹲下身抱住我，贴了贴我的小脸。

康明亮朝向比他小五岁的岳母感激地点点头，目光对准他的"老弟"岳父："我帮你们补买了社保，过两年就能每月领退休金了。"

"退休金？"外公舌尖像是被什么东西烫到了，瞪圆眼睛，一副不可置信的样子。这离他的生活与认知实在太遥远了。几年前，他还是一个靠着几亩地吃饭的农民，两脚泥巴一身汗馊，一年到头，都为老天爷的旱或涝悬着一颗心。如今，"老女婿"却告诉他，今后能像城里工作了一辈子的老头那样，堂堂正正地挺直腰杆，按月领到国家发放的退休金，老天爷打霜下雪都不必害怕啦。

康明亮只是花了一笔小小的出售书画作品的费用，却换来外公对他倍增的好感，外公激动得气都粗了，对着女儿大声说道："你妈说得没错，遇到这么好的老公，以后要好好过日子！"

外公的脸色一本正经，妈妈愈发羞愧地低下头去。

"萍萍，你们以后三个守在一起，永远不分开。"

"嗯，不分开。"

妈妈不敢和她的"康老师"视线交接，他大度无私地原谅了她。她终究是女人啊，遇到芝麻绿豆大一点儿事，立即就慌乱得找不着北，"离婚"这种话也敢抛出来了，她是吓唬谁呢？离开她，康先生依旧是康先生，而她，却要从"画家娘子"变成一个愚蠢短视的弃妇，身后拖着孩子，还不知道能不能靠一双手养活大小两张嘴巴呢。

郑玉萍再一次由衷地感到自己是世上最好运的女人。丈夫待她多好啊，不计较她的错误，不纠结她的过失，还一心一意地要和她永远在一起，三个人守在城堡里，便守成了自给自足的小世界。

"小西，这座城堡是爸爸为你而修建的，你以后长大了就是城堡的主人，永远住在这里。好不好？"

我左边坐着父亲，右边坐着母亲。父亲身上有油墨和烟草的气息，妈妈身上有柴火与姜葱的味道，多么好闻啊。我快活地转动脑袋，深深嗅吸，大声说："好"！

十二

我疝气手术过后,妈妈决定学车。爸爸也许心有微词,但并未出言反对。之前要买米买油,都是委托山下的朋友帮忙捎带,妈妈会开车以后,每月下山一两次采购日常用品。我很喜欢下山,几乎每次都争当妈妈的小尾巴。

爸爸不让我跟着去,妈妈自己心里也发怵,怕山路路况复杂,她又是新手菜鸟,唯恐出什么事。但我闹着嚷着一定要去,妈妈没办法,只能让我同行。她到底有运动员的基础,车开得平稳沉着。

在我的强烈要求下,妈妈打开了半扇车窗。我两手扒着窗沿,一直痴痴地看着外面,哪怕是一模一样的小树或野花,我都觉得山下的比山上的好看百倍啊。

"妈妈,看哪!那儿有一只蝴蝶!"

"妈妈,这棵树的花好多,都快把枝丫压断了!"

"妈妈,你看云!云变形状了!"

山下的妈妈,好像也和"城堡里的妈妈"不一样。具体怎么不一样呢,我的小脑袋想啊想啊,才得出一个粗浅的结论,妈妈没有戴围裙!

没有戴围裙的妈妈,神情舒展,在商店买完东西,总被好客的老板娘拉住聊一聊。就算"画家娘子"在这里定居好几年了,在老板娘看来,她还是一个"不一样的外地女人",她们对她充满了好奇。

那个胖胖的头发卷卷的超市老板娘,每次见到我,都要给我衣兜和裤兜塞满零食,塞得实在装不下才作罢。"小西长得真好看,眼睛像妈妈!"她们高声夸奖,争相亲我的脸。我有点激动,又有点不好意思,一个劲儿地将脸藏往妈妈身后。

"要带小西多出来走动走动啊，一个男娃娃，如果长大了还这么腼腆，可怎么得了哦！"妈妈感谢她们的好心建议，不过"多出来走动"是很难执行的，我们住得那么偏僻。也许妈妈觉得不能真正采纳人家的意见对不起这些热心的阿姨，下一次再进城，会送她们土鸡蛋当礼物。我们的童话城堡常年养着几十只鸡。

山下的阿姨们接过妈妈装有鸡蛋的小篮子，拉着她的手翻来覆去地看："画家娘子，你这手怎么这样粗糙？平时都不保养吗？"瞧她们的意思，画家娘子也要靠一双手来创作、凭着写写画画挣口饭吃的，手的形态便十分重要，代表着职业的尊严。

妈妈不好意思地将手往背后挪移，"画家娘子"的称呼让她骄傲又惭愧。严格来说，她连九年制义务教育都没有完成，但她嫁给了一位优秀的书画家，从此夫荣妻贵，与有荣焉。

回到山上，我发现卷发老板娘在我衣兜里放了一支护手霜。

"钱大姐就是太客气。"妈妈不好意思地微笑着甩甩头，将我从车座上抱下来。她还沉浸在温暖的友谊之中，"我成天忙忙叨叨的，哪有时间用这个？"

"你们可回来了，快要饿死我啦。"

爸爸的声音打断了妈妈的回味。他刚跨出门槛，小狗肉松已抢先一步，箭矢般奔过来，脸蛋一个劲蹭我的裤腿，喉咙里发出"嗯嗯呜呜"撒欢的声音。

我抱起肉松。夕阳洒在爸爸妈妈身上，给他们披了一层金色的亮光。他们真好看，肉松也真可爱。其实住在城堡里也有很多快乐，只是离山下的热闹很远。

此时，我愿和我爱的人一道，全心感受城堡里的快乐。

妈妈刚刚系好围裙，爸爸已在旁边喋喋不休地抱怨："你一走就是大半天，鸡司令带着它的部下简直要造反了，你看嘛！"

爸爸展示给妈妈看的，是一本画册上的几个黑色梅花状的小脚印，还有一摊已经快要风干的鸡屎。

"哎呀，鸡司令又飞到桌上捣乱啦?"妈妈赶紧放下菜板和菜刀，想替爸爸整理他的宝贝画册。他却带着一点情绪摇摇头："算了算了，你快做饭吧，鸡屎就算擦掉了也有味道。我说你就不能少养几只鸡吗? 院子成天都被这些'毛毛怪兽'弄得乱七八糟的。"

妈妈没有吭声，专注地烧热油锅，给爸爸煎制单面"太阳蛋"。他去国外大学当过一段时间的交流艺术家，带回来"单面煎蛋"的偏执爱好，经过无数次尝试和失败，妈妈终于掌握了煎蛋的精髓，让爸爸心服口服："国外五星级酒店的厨师，也不外乎我老婆这样的煎蛋水平。"

可要随时吃到新鲜美味、绝对原生态无污染的"太阳蛋"，就需要乱嚷嚷地养一大窝鸡。大鸡小鸡时常打扰爸爸、打断他写字画画的思路，妈妈对此深感抱歉。

十三

家里又该采买了,妈妈带我下山。卷发老板娘的小侄子来店里玩耍,我们很快就玩到一堆儿。他教我唱一首儿歌,还教我做游戏,并做出夸张的表情:"小西,你真的不会'打地鼠'吗?我们幼儿园小班的小朋友都会!"

"幼儿园?"我愣愣地看看小伙伴,抬起视线向妈妈求教。

老板娘抢在前头叹了口气:"不是我说你们,小西一天比一天大了,明年该上小学了吧?你们住在山上,怎么读书?"

"小学？"我眼中的迷惑更大了。小伙伴已经发现了我见识浅薄，控制不住一个儿童的自豪情绪，挺起胸脯大声说道："就是，小学！读完幼儿园才能上小学，认很多很多字，还要学算数！"

老板娘发现妈妈脸色不好，顿时虎起脸孔斥责侄子："就你懂得多！架子上有巧克力豆，你拿一袋下来，和小西一起吃啊！"

我现在不想吃巧克力豆。小伙伴的话引燃了我的好胜心，我不能在他面前一直像傻瓜似的，也要展示实力："我爸爸早就教我写字了呢，还有算数，一百以内的我都会。不信你考我？"

老板娘尴尬地笑了两声，呵呵……呵呵……当然没人考我。妈妈离开时神情有些恍惚，我们已经出了城，她才发现忘记买一袋糯米粉。她原本告诉我，现在山里的"清明草"长得很好，小时候外婆教她用清明草做的野菜粑粑，是她最难忘的春天的美味。她答应要做给我吃，但偏偏忘记购买重要的原材料。妈妈打着方向盘，毫无退回去的意思，心不在焉地安慰我："下次吧，下次下山一定记得。"

可下个月的清明草已经老得不好吃了,妈妈循着记忆蒸了一锅粑粑,我吃了一个,再也不想吃第二个。它们不是属于春天的味道。

有些东西,过了这个时令,就是过时了,晚了一拍,错过一季。夜里躺在床上,我开始抑制不住地想:我错过了幼儿园,接下来能上小学吗?

妈妈答应我,一定会和爸爸商量这件事。超市老板娘和她侄子的话也许只是一个导火索,真正的犹疑和期望藏在妈妈心里,像是一包危险的火药,她从来没放下过。

爸爸惊讶地眨了几下眼睛:"小学?为什么要上小学?"

仿佛妈妈提了一个特别好笑的问题。他抿抿嘴唇,忍住笑意,耐心回答:"难道有我教小西还不够吗?"

"你当然教得很好。"妈妈明白爸爸的意思。他是一个全国著名的书画家,由他亲自教小孩,堪称大炮打蚊子,难道教儿学习,还不够资格吗?

从两年前开始,爸爸开始为我撰写童话书,这是独一无二的教材,他是我唯一的老师,我是他唯一的学生,我通过童话故事来认字写字和识道理。爸爸除了写字画画,还将我们写进童话里,童话里有我们一家三口,还有小狗肉松、大公鸡、小麻雀,甚至院子里生锈的水龙头,就连山坡上一棵歪脖子杨树,统统是故事的主人公。我像一个骑士大摇大摆走进专门为我而设的世界,重新认识自己以及身边的一切。

爸爸说天上的星星能分清地上的好孩子和坏孩子,所以它从来不在坏孩子面前出现,而愿意整夜整夜陪伴好孩子入眠。我半躺在爸爸怀里歇凉,山里夏夜的星空璀璨得像一匹缀满钻石的锦缎,这么多的星星都为我闪耀,因为我是好孩子。

爸爸的话像催眠曲,让我快乐地入睡。我有点想问问卷发老板娘的侄子,他看过星星吗?不,他当然不是坏孩子,他还是我为数不多的朋友之一。我只是好奇,想要从他身上得到验证——我相信他一定也见过明亮而众多的繁星布满头顶的天空。

我六岁时的夏天,即使从儿童的视角看过去,妈妈都比别的日子显得更加忧心忡忡。越是临近九月，她越是沉默寡言，每天脚不沾地的操持家务，照顾家禽，去新开辟的菜园浇水捉虫，黝黑的脸庞永远挂着汗水。一个湿漉漉的妈妈，一个不愿开口说话的妈妈，将她的希冀和不安藏在了忙碌里。

直到八月最后几天，有一位客人造访童话城堡，打开了妈妈越皱越紧的眉头。

十四

这是我第一次见林铭,他是当叔叔的年龄,但他恭恭敬敬地叫妈妈"师母",我只好唤他"林哥哥"。他称我是"从没见过面、但已经很熟悉的小朋友"。我不信,他手指在平板电脑上点了几下,弹出一个网页给我看:"喏,你爸爸在网上写的日志,几乎每篇都有你!我早就'认识'你啦!"

真的呀,我只认识一点点字,但这并不能阻碍我快乐地跳读爸爸的网上日记。我都不知道,他什么时候拍下了这么多关于我的照片,爸爸在照片下面备注:我的小王子。

我高兴得快要飞起来了。爸爸爱我,这是我从来都不怀疑的事实,但爱得这样深刻、绵长、细腻,他每天写字画画,还点点滴滴记录着我们一家三口的日常,记录我们生活的琐细快乐,还是令我感受到了书画家的超凡魅力。

"我也要像爸爸这样,长大当画家!"鬼使神差地我对林铭大声说道。

林铭个子不高,他原本想抱住我往上抛一抛,但他发现这很难实现,便改为给我一个大大的熊抱:"那要好好读书、学习知识,如果在学校里遇上像你爸爸这样优秀绝伦、爱护学生的好老师,你一定可以实现梦想的!"

"嗯,我要上小学!"

没想到让妈妈纠结了几个月的心事,因为林铭无意中的几句话,钥匙开了锁,藩篱撕开口,不再继续缠绕了。

爸爸微笑着朝我点点头:"咱们过几天就去报名!"

哇!我跳了起来。幸福来得猝不及防。

林铭并不知道前因后果，我的高兴感染了他。他摸摸我的脑袋："小西要当学生了，我得送你一点入学礼物才好！"他拿过平板电脑，打开别的网站，开始认真地挑挑拣拣。过了一会儿，他向妈妈要确切的收货地址。

"这是干什么呢？"妈妈刚从地里摘了一盆顶戴黄花的黄瓜，还有红着脸蛋的西红柿，将它们洗得干干净净的端上来，在围裙上擦了擦湿手，凑过来看林铭的平板电脑。

"喏，这里，师母，只要填上您家的地址，过几天就能收到小西的书包和文具了。联系电话就留您的吧。"

妈妈忘记和康老师曾经的学生客套，目不转睛地看着林铭操作，咽了一口口水："你能不能教教我？"

林铭真是一个好信使，不仅让爸爸爽快答应送我去读书，还教会了妈妈网购。此前妈妈并非没听过网购，但爸爸对此嗤之以鼻："网上尽骗人的东西，就骗你这样单纯的家庭妇女，学来干什么？"

好多次，妈妈开车下山，都想找山下的朋友问问网购的事，但想着爸爸撇着嘴角翻白眼的样子，她的心提前凉了半截，也打不起精神来"强求奢望"。再说，妈妈始终有一种放不下的自尊心，她觉得山下的女人们对她越好，眼里的悲悯仿佛越深，她是跟着丈夫被放逐到荒岛定居的女人，她和"她们"不是一个时代的。妈妈从小念体校，最怕的就是"不合群"，如今一家三口住在远离人烟的半山腰，草深林密处，凭空修了一座高高的城堡，样样都透着"各色""与众不同"。她的自尊心约束了手脚，管住她，不让她在"她们"面前因为请教露怯。

林铭不属于她们的世界，她是"师母"，虚心向一个"晚辈"学习，内心却是轻松的。妈妈问了几个问题，又在林铭指引下，给手机下载了两个软件，她带着战战兢兢的兴奋，生平第一次下单网购，给爸爸选了一个古朴的眼镜盒。

爸爸对这份小心翼翼的殷勤并不买账："什么质量，一点都赶不上我的原装眼镜盒！"爸爸将他的"原装"丢到桌上,与崭新的"替代品"摆在一起。"原装"身上横七竖八缠了好几道风湿膏药的胶布,像一个风烛残年的孱弱老人,一根指头都能让它摔倒,甚至四分五裂。任谁去看,都会选新的来用。爸爸当然还是"从善如流"地做出了正确选择,他只是口头批评妈妈:"买这些华而不实的东西,浪费!"

"浪费"对于不同的人也许要设不同的底线。一个贫寒家庭的孩子花掉父母给他买书本的钱去吃肯德基,当然是浪费。但是,一个富翁应该不会在"今天的包子为什么比昨天贵了五毛钱"这种事上揪着不放。

我不知道爸爸有多少钱,但一定比我想象中还要多。他天南地北都有朋友,除了接待朋友来访,每年他也要离开城堡去外面走走、和朋友碰碰面,订机票时爸爸从来都不买经济舱。如果按照妈妈或当地人的朴素想法,反正顶多在天上飞几个钟头,何必要浪费多一倍的钱去买商务舱呢?这不是浪费吗?可钱是爸爸挣的,他愿意怎么花就怎么花,外人无法指手画脚。在这件事上，妈妈也成了"外人"。

妈妈没有和他争辩，因为她有更加重要的事要去做。爸爸好不容易才答应我去学校读书，本地小学不提供住宿，她得尽快在山下租好房子。当然，不可能让六岁的我独自生活，谁去照顾我好呢？

爸爸提前猜中了妈妈想和他商量的议题："想都别想，你得留在这里陪伴我。你走了我怎么办？"

十五

妈妈绞尽脑汁思量的结果，是说动她的父母搭把手，外婆留下看店，外公从家乡赶来送我上学、接我放学。

我喜欢外公，更小的时候我分不清外公和爸爸，现在他们又被时光推着老了几岁。男人上了年纪会出现更多相似的神情，比如得了老花眼，需要将纸拿远一点看的专注神情，外公给我听写"人口手"时，就是这副尊容。我看着他直着手臂将课本推得远远，嘿嘿笑起来。外公拍拍我的脑袋："笑啥？专心写字！"

他拍我脑袋的亲昵动作也像爸爸。

我下山念书，是爸爸亲口答应林铭的事，等妈妈备齐证件，真的要带我去小学报名的前一天，他又反悔了，捂着腮帮子像牙痛患者，嘟嘟囔囔地说："小西，你再想想吧。你留在城堡里，能学到的知识绝对比别的小朋友多，多得多。"

看我不说话，爸爸接着打了感情牌："你要是下山了，一周只能回来一次，你会想爸爸的。"

爸爸的话让我有点难受，但我仍然没停下手里的事——转动卷笔刀，削尖一支又一支带着松木香味的铅笔，将它们放进文具盒，又将文具盒放进崭新的小书包。

爸爸说得没错，离开他，我当然会想念他，但有外公在身边，似乎能够稀释一部分想念。

妈妈开车下山采购的次数多起来了，城堡里坏了一个灯泡，打碎的盘子需要补充凑齐一套，妈妈都要及时购买，仿佛一天一刻也等不了。妈妈的举动与小学生无异，外公当面揭穿她："想你的儿子就直说嘛，每次还扯这些有的没的！"

妈妈脸红了红，没搭外公的腔。她不堪一击的借口偏偏是为聪明的爸爸而设，就相当于举着鸡蛋硬要撞石头。爸爸看她愚蠢地遍寻理据，并不出言嘲讽，他一开口，讽刺指责的都是别的事。

爸爸看不惯妈妈"大手大脚"地一路狂奔，在网购路上勇当"败家娘们"。

"你就不能少从网上买点东西吗？"

"都是生活必备品啊，比如同种牌子的大米和色拉油，我在网上买，人家能送过来，价钱还比山下的超市便宜十几元，为什么不选择网购呢？"

"你以为的便宜，就是一种隐藏得很深的浪费！就是你们这种天真的家庭妇女爱上当受骗。"

"可我上了什么当呢？我认真比较过了，网购的东西是正品，并不像你说的那样是假冒伪劣产品。"

"我没有说假冒伪劣产品，只是说这种方式害人，就像吗啡一样，让人不知不觉被麻醉，让你意识不到自己受害。我当初不愿留在大城市，觉得那里乌烟瘴气，就是想回归田园牧歌的纯净生活。你倒好，你在亲手打破这种生活的平衡感！"

妈妈很少和爸爸争执，大概知道就算与他针锋相对，最后败下阵来的人也一定是自己。她只能私下愤怒地嘀咕：可这种田园牧歌的生活，是需要有人从早到晚去维护的。那个人，从来就不是你。

妈妈还是收敛起了"败家娘们"的手脚，乐得多跑几趟山下去实体店购物，还能多看我几眼。

她很想留在外公和我的出租屋里，和我们一起吃顿晚饭。但她每次将饭菜做好后就解下围裙，蹲下来亲亲我的脸，抱歉地说："儿子，我得赶回去给你爸爸做饭了。你和外公趁热吃，多吃点，身体才健康。"

只有在送妈妈开车离开时，我会有小小的冲动，想要回到山上，继续一家三口朝夕相守的生活。每一顿晚饭，都有妈妈的陪伴，她会记得我刁钻的口味，我吃的油醋面不爱放醋，要用柠檬汁来代替。外公才不会这样惯着我，他将一海碗面推到我面前，没好气地说："爱吃不吃！"

外公开始有些后悔来"陪读"了。他肯过来，是为了还女婿一次性购买社保的情,但没过多长时间,他就发现女婿对外孙下山读书这件事,虽不反对但也不支持。就像他曾面对女儿的态度,好好坏坏都和当老子的没多大关系。

即使用脚指头想,外公也猜到女婿并不那么情愿送自己儿子下山,骨肉分离。

再说,在家乡待着,外公已培养了自己的"朋友圈",在超市门口支张麻将桌,美其名曰"守店",其实理货收银都是外婆的事,他只需专心玩牌。如今陪小学生读书,时间被切割得零零碎碎,下午手气好一点,刚想"逆风翻盘",外孙又要放学了,与打牌的麻友说一声抱歉,抬起屁股走人。人家嘴上不说,但下次不愿带他一起玩——玩得不尽兴,不如不要玩。

外公开始琢磨下学期换外婆来陪读,他还是回去"看店"好了。就在他的心绪起起伏伏中,我迎来了人生的第一个寒假。

十六

康桥哥哥很多年没有回国,今年受国内一所名牌大学所邀,过来做一场学术研讨活动,他想干脆留在国内过个春节再回英国。海外华人的春节虽然也包饺子舞龙灯,却不是小时候那种"味儿"。康桥不仅要留在他爷爷奶奶的城市过年,还邀我过去一起玩——当然,我们拥有共同的爷爷奶奶。他们年事已高,九旬老人,十多年前已结伴住进养老院。费用是爸爸出的,他不在乎这点小钱。

爸爸和妈妈结婚时,他正在受"疑似癌症"的噩梦困扰,忙着用双脚丈量祖国的大好河山,寻一方"水土绝佳"的地方"排尽身体病毒"。行程繁忙,因此未带新娘回老家看望爷爷奶奶。

后来在青城山修房筑屋,事情多如牛毛,一年一年耽误下来,我终于上了小学,但还没去探望过养老院的爷爷奶奶。妈妈早就催着爸爸带我回老家"认祖归宗",爸爸一直说"忙,有空了再说"。他当初辞去教职,说要抓紧时间创作一幅惊世之作的画作,让画坛再次见识他的实力。几年过去,画作改了很多次,至今还没有完成。

妈妈暗自琢磨,是否是康桥哥哥的妈妈太过优秀,将哥哥康桥培养成了卓越人才,康家人便只认人家是儿媳妇,就算离了婚,都是康家的无上光荣;而她郑玉萍,一个草芥似的女人,不值一提。自卑的想法在心里落了根,就要长出蓬蓬勃勃的满地野草来,遮盖得呼吸都不顺畅。她不敢再催爸爸带我回去见爷爷奶奶,生怕她这个当妈的身份低微,带累了我被康家人集体瞧不起。

康桥哥哥打电话来说要带着我一起飞往爷爷奶奶的城市。这个提议让爸爸欣喜不已,哥哥比他想象的还要高情商，不显山不露水地解决了自己心里一个沉沉搁置的大问题。

"萍姨。"年岁与妈妈相仿的康桥哥哥，从头发丝妥帖到了脚后跟，他唤她"萍姨"，妈妈有了当长辈的尊严感，"哎"了一声。哥哥却没有马上说话，像是摁错号码打错了电话，在思考该如何开启这场谈话。时间长到让妈妈有几分尴尬时，他忽然抛出一个古怪的问题："您带小西看过心脏科吗？"

"心脏科？为什么要看心脏科？"除夕夜，童话城堡里早早挂上了红灯笼、贴了红对联，但偌大院落，偌大房屋，只有爸爸妈妈二人。哥哥好像是在大街上边走边和她打的电话，听筒里隐隐传来店铺音响外放的"恭喜发财"，刘德华的歌声不厌其烦地恭喜走过路过的每个人"新年发大财"。嘈杂的背景音也未能安抚妈妈的忐忑不安，她像是被冒犯了，抬高声量，再次质问哥哥，小西到底怎么了？

"他今天和邻居家孩子滑雪时晕倒了。"

郑玉萍的心狂跳起来，她想到了三岁时晕倒在地的儿子，那是一个母亲永远也忘不了的情景。她抱着他，以一种"神挡杀神，佛挡杀佛"的决绝，跳上了朋友的越野车。她宁愿丢掉婚姻、丢掉大房子和衣食无忧的生活，也不能失去怀中年幼的儿子。

"萍姨，您先别急。"康桥保持一贯的冷静："我已第一时间将小西送去医院做了详细检查。他脑袋没事，全身骨头也没事，甚至连软组织都没受伤，但医生查出他心脏瓣膜先天闭合有问题。这不是摔倒导致的，应该是天生的。"

"天生？你是说小西有先天性心脏病？"那一刻，郑玉萍的心仿佛停止跳动，卡在那儿，被悬崖相挟，临万丈深渊。

爸爸不愿离开他的城堡，哪怕是去他自己的故乡、接自己的儿子，他也觉得"费劲"。他安慰妈妈不要着急，有康桥在，事事稳妥，一定会全须全尾地将小西送回来，到时去青城山下接他们就好。

郑玉萍没有听从他的建议，她剁肉剁菜，揉面擀皮，包了大半宿饺子，将冰箱的冷冻室都塞满了。"康老师，你饿了就自己煮来吃。"

她用一块围巾包住头，像是一头扎进风雪寻找迷路羊羔的牧羊女，天一放亮就开车下山，买最早一班的飞机票去接她的儿子。

十七

康桥哥哥延迟了一周回英国,陪着妈妈去了好几家国内知名的大医院。春节期间要找心脏科专家看诊并不容易,幸好邀请哥哥过来参加学术研讨活动的大学牌子够硬,相关联系人也很给力,一路绿灯,动用了不少人脉关系来给我看病。

哥哥毫无怨言地奔前跑后,中途还被人误会,说:"这位爸爸真是年轻啊!"他不容易七情上脸,这天也闹了个面红耳赤,再看他的"萍姨",神情也很不自然。妈妈对哥哥有一万个对不起,愈发埋怨爸爸,身为亲生父亲,他为什么不出面来陪伴?

如果有他在，自己和康桥又何至于被人误会？

妈妈当然不能说出这些话。再说误会虽令人气恼，但并不致命，现在她更加关注的是几家医院出具了相同的检查报告，不用再怀疑了，我真的有先天性心脏病。

妈妈不敢相信，我从娘胎起就落了隐疾、藏了病根？三岁动疝气手术时，难道医生忽视了我的心脏问题？没人告诉妈妈，我和别的男孩不同，多跑动两下就会气喘吁吁，这是不正常的。她以为一切都归咎于我常年在山上生活，没有读过幼儿园，之前从未接受过科学的体育锻炼，因此我才比别的孩子容易喘气，现在只要小学老师细心教我掌握正确的呼吸方法，一切都会好起来的。

郑玉萍心里乱糟糟的，自己也说不清为什么现在一门心思想的是这些事。她像是痴愚的堂吉诃德，明知力不能胜，偏要和风车作战。是的，她不能接受：这不是现实，老天爷不该这么残忍，甩给她一个病弱的儿子。她从来没做过坏事，小西也很善良，这样的坏运气不该落在他头上。

"萍姨，您振作一点。"康桥的冷静让他处于任何境地都有从容分析的能力，"就算是先天性心脏病，现在医学发达，并不是不治之症。医生也说了，像小西这种病例，做手术后活到三十岁以后的，比例超过了百分之五十。"

"超过百分之五十？"

"对。"康桥沉着地点点头，"您和爸爸商量一下，选择最佳时机来动手术。如果恢复得不错，能活到三十岁以后，也就可能活到六十岁甚至一百岁……"

"这么说，小西也能和正常人一样，一样长寿？"妈妈终于抑制不住东奔西突的情绪，一屁股坐在地上，泪水纵横了脸孔，"小西能活到三十岁，甚至一百岁？"

"什么三十岁？谁告诉你老天爷在三十岁这里画了一道门槛，不准我们的小西迈过去？"康明亮严肃地摇晃脑袋，"你啊，是被那些庸医给吓魔怔了。"

"不是庸医，康桥带我去的都是好医院，都是专业大夫。他们总不会串通起来骗我吧?"

"我没说串通。"爸爸没好气地摘下老花眼镜,手指捏了捏鼻梁骨,"那么,这些'专业大夫'有没有告诉你,在心脏上动刀子有什么危险?"

这个猜测,妈妈一开始就有,但她努力抑制自己不往那个方向想,爸爸却撕开遮盖畏惧的一层薄薄绵纸,释放出了来势汹汹的恐慌。"你知道每年因为术中事故死在手术台上的人占多大比例吗?何况这还不是小手术,是和心脏有关!危险性要比别的手术高太多了,你硬推小西上手术台,不是要将他推上鬼门关吗?"

"我希望小西接受手术,就是送他见阎王?"妈妈打了一个冷战,这是什么逻辑?她这个当妈的难道就这么狠心恶毒,要亲手杀死自己唯一的儿子?眼泪渐渐蓄成两个小小的湖,可怜巴巴地望向康明亮,希望他刀片一般的薄薄嘴唇中给出一点安慰、支援一点力气,而不是像现在这样,反而将心力交瘁的她推到自我怀疑的泥沼。

爸爸却不愿遂她的心愿,他顺着自己的思路侃侃而谈："其实每个人生下来，或多或少都会带一点疾病。你不是一喝冷风就爱打嗝吗？这也是一种病。有病并不可怕，我们能和疾病共生共存，像是与邻居相安无事地生活，走过一生。当年医生不也给我出具了可怕的体检报告？这么多年过去了，这证明我的'换水计划'是没错的，我没有被肿瘤打趴下吧？现在还不是健健康康地活着？小西是我的儿子，我绝不允许他在手术台上出现任何医疗意外。上天赐予他的心脏不会有问题的，你耐心等一等吧，他再大一点，心脏再长好一点，就会没事的。"

十八

康桥劝不动爸爸,林铭也劝不动他的老师。他是一个金光闪闪的榜样,当年将"疑似癌症"置之脑后,选择在河清水甜的青城后山定居。他从古代的医术典籍中学到一些食疗方子,自己服用。多年过去了,病魔不敢来打扰他,年过花甲之后,他的硬朗身体再度被人津津乐道。

这些是外人能看到的"事实",并非有伪,只是不太全面,即使和他同床共枕的妈妈也不一定能窥得全貌。在爸爸的书房抽屉里,有一张全是外国字的检查单,那是他结婚三个月后去国外出差时顺便做的体检。国外医院采用了一台更加精密先进的检测仪器，推翻了"疑似"的可能性。

妈妈看不懂的化验单是爸爸的护身符，那时他已经知道自己没事了，老天爷只是开了一个无伤大雅的玩笑。但他不愿承认自己的决定含有多少偏执，这偏执又多么深刻地影响了他的妻子。妈妈向他求婚时坚毅无悔的面容令他动容，那时即使他不久于人世，她也不肯放弃他。这样的勇敢是她一生中少有的时刻，他将这一刻固定下来，不时咀嚼，不愿打破镜子、粉碎幻影。

山下的女人们得知我心脏不好，都劝妈妈找一个保姆上山照顾爸爸，她到山下来当陪读妈妈，有亲生母亲照看孩子总归更好。妈妈甚至没有争取，她想了想就放弃了："算了。康先生身体不好，在我们结婚前，他身体里就藏着一个'定时炸弹'，这些年，他已习惯了我一个人来照顾他。"妈妈甚至还反过来劝那些好心的妇女："康先生的说法也没错，儿子年纪还小，长一长，说不定心脏就长好了。青城山水土好，有这个可能性。"妇女的心都是柔软的，愿意顺着这个母亲的话说，"就是就是，一个小娃，能有多重的病？"

康桥是无意间发现我心脏有问题的人。就因为这一点，他觉得自己"责无旁贷"，回英国之前，他将我视为与他等肩的成年人，与我严肃长谈了一次。

"小西，你要想办法说服爸爸，让他尽早答应给你动手术。"顿了顿，他从包里掏出一本书递给我。书籍封面很旧，里面有数个折页，折页上有拿铅笔画出的数个波浪形的道道，康桥说："这是爸爸早年出的一本书画评论集，等你再大一点可以读一读。他在文字里将自己当神了，这不好。"

这是我唯一一次听到哥哥评论爸爸。我不知道康桥作为一个"稀里糊涂就长大成人"的儿子，是否也渴望过毫无保留的父爱，但他只能一面催熟自己，一面通过阅读爸爸的画册和书画评论集来了解他、走近他，达成两个成年男人的思想碰撞。现在看来，这碰撞并不是特别令人愉快。

康桥哥哥离开了，我又回到了父母身边。童话城堡张开温暖的怀抱迎接我，只要我不剧烈运动，就没有不舒服的感觉。

"小西，如果你动手术，可能会因为一个小小的意外而陷入危险，比如麻醉师放多了一点点药水，比如医生缝合针法的节奏不对，或者护士在旁边打了个喷嚏……反正，任何一个微不足道的意外，都可能让你永远闭上眼睛、永远见不到爸爸。你愿意吗？"

我不愿意。我肚子上留着一道"小蜈蚣"式的疤痕，天气炎热时，早已结疤的伤口仍然会有痒痒的感觉，我总忍不住去挠它。切除疝气时我还年幼，不可能记得太多的事，但医院惨白的墙壁和床单、躺在床上无休止的输液还是给我留下了模模糊糊的不快印象。我不想再当"小病号"了。

"儿子，好样的！你要相信自己，只要你想，就会成真。现在，你希望自己健健康康，身体就一定会听从你的想法！"

康桥叮嘱我警惕爸爸将自己当神，却忘记提醒我：不要在爸爸的鼓励下，以为自己也能成为一个有能力战胜命运的"小神"。

外婆从千里之外的故乡赶来,接替了外公照顾我的"岗位"。较之事事上心的外婆,我更喜欢粗枝大叶的外公。外婆总是偷偷让我吃喝一些古怪的东西。有次她让我喝下一杯"不干净"的什么水,我不愿喝,她竟然背过身哭了起来,哭声不敢放大,一只手捂着嘴巴,肩膀剧烈地抽动:"娃儿呢,我会害你吗?外婆永远都不会害你啊。这是我跑了好远的路给你请来的'神水',你只要喝下去,什么妖魔鬼怪都近不得身,不管啥病都会好起来的!"

我被外婆的眼泪俘虏,终究还是喝下去了。那味道像是烧煳的涮锅水,难以下咽。

过了一段时间,爸爸不知从哪里知道外婆去找神婆求"符水"给我喝,气得大发雷霆,在城堡里连连说了十几个"愚昧"。

"我妈确实做错了,但她出发点是好的啊。"妈妈先是强忍着不为外婆辩解,因为连她都觉得将燃烧的神符纸灰混在水里给我喝是桩很离谱的事,像是倒退了一百年,无知无识的乡下妇女依靠各种偏方治病，没有一点科学性。可爸爸止不住的怒气还是让妈妈生出一点护短的欲望，她弱弱地为愚昧的外婆说话，说完之后感到百般心虚，不敢抬头看爸爸一眼。

"你并非分不清是非对错的人。"爸爸以一句冷冷的话中止了他的滔天怒火，以及妈妈苍白的求告。

外婆不得不回老家了。而我，再度回到童话城堡。

十九

这时的我已和六岁时的我不太一样了。

林铭哥哥曾说一个好老师对学生影响至深。在山下读了几年书,我在全校的老师队伍里默默寻找,确实找不出一个比爸爸更加聪明、更有魅力的人。他们平庸地活着,如果教育局的官员要来听公开课,他们就会提前几天做好周全准备,甚至安排学生记背答案,给官员留下最佳印象,以免耽误自己的定级或升迁。

我在正式上小学前,已经跟着爸爸学会了至少五百个汉字,能囫囵翻看他写给我的童话书。我发现他的童话故事与现实之间有一堵厚厚的墙。墙这边，学校校长、老师得知我是"著名书画家康明亮之子"后，对我格外照顾，哪怕对我满口土话的外婆，他们也表达了足够的耐心和温情。但我总感到这样的"照顾"包了一层保鲜膜，让人看不分明。墙那边，是一个真诚、温馨、明亮的童话世界，在父母的爱护下，童话反而比现实更具有实感。

爸爸的说法也许是对的，我跟着那群压根不如他的老师学不到什么真本领，不如直接拜爸爸为师。在妈妈帮我提交休学申请时又发生了一件不大不小的事，让我更加迫不及待地想要回到山上。

我的班主任老师和另外一个班的班主任在卫生间说私密话。

"听说你们班的康小西要休学了？"

"是啊。其实像他这种情况，早点走对他更好。"

"他身体状况已经这么糟糕了吗？"

"那倒不至于，参加一般的慢跑、球类活动，那孩子都没有大问题。但他爸爸是名人，小西若有差池，就要我这个班主任来背锅。这年头，谁惹得起名人？一口唾沫都能淹死人。"

我藏在厕所隔板后面，不知抱持怎样的心情偷听了老师的聊天。

老师不喜欢我。在即将离开学校时，我发现了这个辛辣讽刺的事实。好呀，我捏紧拳头鼓励自己：从现在开始，你终于可以离开这些虚伪的大人，不用再受他们的骗了。

人真是矛盾的动物。明明我是"心甘情愿"甚至"迫不及待"回到城堡生活的，过了一段时间，我又强烈地怀念起自己在学校的时光。

"小西，你坐在这里做什么呢？"曾救过妈妈也救过我的包工头，现在是我们全家人很好的朋友，他的越野车在路过城堡门口时刹了一脚。

我抱着篮球从门槛上站起身来："杨叔叔，您去城里吗？"

"不去，我要到肖村的工地去。"

"哦。"我再度百无聊赖地坐了下来。现在，妈妈又恢复了一个月只下山一两次的频率，我从昨天起就坐在门槛上，等待有一辆过路车能将我带到县城，能可以找过去的朋友一起打球。

我身后的院子里已经开辟出一块小小的场地，地面浇筑水泥，支起篮球架子。对于我的愿望，爸爸妈妈总是毫无保留地满足。

"你看，小西能打球、能采茶，他的心脏在慢慢长好，不会有任何问题。"

妈妈对我打篮球这件事，原本提心吊胆的，但听爸爸这样讲，觉得是她自己多虑了。我告别了人多嘈杂的县城，回到山清水秀的自然之中，身体当然会一天比一天好。康先生果然知识渊博、懂得很多，妈妈崇敬地望着他，点点头。

我随时都能打篮球，没有任何人和我争场地，我却着魔般地想要下山，想要和过去的伙伴一道你争我抢。球场上谁也不让着谁，如果走狗屎运，投得一个"三分球"，将会赢得满堂喝彩。

"下次叔叔捎你去城里啊!"越野车卷起尾尘，

疾速开走了。我很羡慕这辆灰扑扑的车，它性能很好，折腾了这么多年，换过不少零件，但还能继续使用。我身体里最重要的零件，它到底是像爸爸说的那样"慢慢长好了"，还是在悄悄"变坏"呢？

二十

爸爸的大胡子朋友过来看他,问起他创作巨型画作的进度。其实从查出"疑似癌症"那年开始,爸爸"计划中的画作"就一直耽留于计划。这几年,他陆陆续续创作的作品都是给我的"教材"。

"我现在哪有时间呢?要好好照顾儿子啊。"爸爸的视线飘过来,我稳稳接住,他冲我眉眼舒展地宠溺一笑。

爸爸的话让我感到欣慰。他说的是事实,我不帮妈妈干活的时间,几乎都和爸爸腻在一起。过几年他就七十岁了,一个古稀之年的爸爸,的确是不能和儿子一起打篮球的。但他能陪我读书，给我讲无穷无尽的故事，在他的鼓励下，我也开始画画，还写童话故事，并且用妈妈缝被套的白棉线郑重地装订了一本儿童画册和一本儿童故事集。

"老康，真是虎父无犬子，小西以后长大了，和他哥哥一样，也是个角色。"大胡子叔叔潦草地翻了翻我的两本"个人集子"，虽然看得马虎，并不妨碍他用热烈的话语来表达赞赏。

"像康桥有什么好的?"顿了顿，爸爸才说，"希望小西以后就留在山里，当一个无忧无虑的茶农，种种茶、采采茶，和草木相伴，与自然共生，何必要到乌糟糟的人世混那些功名利禄呢?不重要，那些一点都不重要。"

大胡子嘴里啧啧有声，也许是感叹，也许是否定。爸爸的朋友们和他一样聪明，我常常猜不出人家的真实意图，只能循着自己的心摇了摇头。

我不想当茶农。都江堰的青城后山，一到收茶季节，我和妈妈每天要把采茶的动作重复成千上万次。那些柔嫩的叶尖能在沸水中赢得二次生命，但我一直怀疑无论怎么冲泡都洗不掉我们汗水的咸苦味道。夜里躺在床上，感觉两只胳膊仍旧支在半空，它们已摆脱了意识的约束，自行其是地重复白天的机械动作，掐下嫩叶、放进竹篓，它们是两根毫无生命热度但勤奋过头的棒子。

爸爸说我不用努力，生来什么都已拥有，别的小孩可能要奋斗一辈子才能买一个小小蜗居，我却拥有一座大得不像样的梦幻城堡。别的小孩必须努力工作才能赚来一日三餐，我什么都不做也不会缺衣少食。所以，我能"一步到位"地过上别人理想的日子，摈弃无用的拼搏，拿出闲情逸致来侍弄后山茶树，在绿色的清香中远离尘嚣、隐居度日。

我想爸爸向来是为我好的，他所有的出发点都是为了我，但我还是不肯当一个茶农。他眼中的"清高飘逸"蘸着太多汗水和劳累，我实在难以从中获取快乐。

如果一直纠结下去，纠结到我真正长大成人的那一天，我不知道自己是否会跳出茶农的拘囿，甚至跳出童话城堡的围墙，去外面寻找我想要的生活。如果到了那一天，当爸爸看到他苦心抚养的儿子并不像他想象中那么超脱、那么睿智，他是否会后悔这十几年付出的父爱？

好在伴随枕边的生命之钟停了下来，就像我身体里负重前行的心脏，它太累了，实在太累了，不如就这样吧。

不如就这样。十三岁以前，爸爸妈妈从未瞒过我的病，他们甚至会当面讨论；外面世界关心我的人，康桥和林铭哥哥，也会不时打来电话苦劝爸爸。

"哪怕不动手术，隔一段时间，也该带小西去做个检查，也能得知身体的最新情况。"哥哥们退后一步，希望爸爸至少能答应这微不足道的要求，毕竟他自己每年都定期体检，对身体状况了如指掌，在医生的建议下，现在每天都会服用降压药。

"小西没有任何问题，为什么要给他增加无谓的心理负担呢？"

爸爸不高兴了，将手机拿给妈妈，示意妈妈转告"多管闲事"的儿子与学生："以后少管小西的事。"

妈妈紧张地看了他一眼,也许想要再为我争取两句,但爸爸的眼神制止了她。

"是啊,宽松的环境、良好的心情,让小西心脏比以前强健了很多。"不经专业医生检查,我不知道妈妈从哪里得来的勇气,她开始转变舵向附和爸爸。

那个清晨,对我来说平淡无奇的清晨,却成为一道分水岭,天降大雪,将妈妈的希望统统掩埋,从此她必须习惯在绝望中度日。对于我而言,当然也是一种"分离",但我的感受远远不如妈妈,我只是变得异常轻盈了,人世间的纠结沉重再也与我无关。

我低估了命运的强大,终究成为童话城堡里永久的人质。

当我肉身轰然倒地时,我这缕小小的幽魂被永远圈禁在城堡中。大门就在那儿,窗户就在那儿,但我走不出去,所有的出口都有无形的阻碍,也许只有我和妈妈的眼睛才能看到它们。